타이라 아이린

Irene Taira

1983년 도쿄에서 태어났고, 메이지가쿠인대학 문학부를 졸업했다. 2007년 일본을 방문한 휴렌 박사를 만나 호오포노포노를 접하고, 생활의 모든 장면에서 실천하고 있다.
현재는 SITH 호오포노포노 아시아 사무국 홍보 담당으로 일본을 비롯해 아시아 각국의 강연회에서 활동하고 있다. 또 휴렌 박사와 KR여사에게 배운 자신의 체험을 공유하는 강연 활동도 하면서 삶을 보다 풍요롭고 가치 있게 변화시키는 호오포노포노의 힘을 널리 알리는 데 힘쓰고 있다.
지은 책으로 『들어봐요 호오포노포노』, 『호오포노포노 저니』 등이 있으며, 옮긴 책으로는 『호오포노포노 라이프』, 『예지의 물방울』 등이 있다.

프로필 그림 ©Wisut Ponnimit

ウニとピリのおしゃべり

UNIHIPILI NO OSHABERI

by Banana Yoshimoto, Irene Taira

Originally published in Japan by Kodansha Ltd., Japan in 2019

우리 함께 호오포노포노

요시모토 바나나
타이라 아이린
김난주 옮김

판미동

차례

우니히피리,
내 안의 어린아이

상큼하게 날이 갠 초여름의 어느 오후, 유미코가 놀러 왔다.

오후면 내 방은 햇살이 넘친다. 활짝 열어 놓은 창문 밖 조그만 베란다는, 꽃을 떨군 재스민 이파리가 정글처럼 무성했다.

혼자 사는 작은 방이지만, 초여름에 이 창가에 앉아 화끈 달아오른 꽃과 이파리의 냄새를 맡다 보면, 그 풍요로움에 이대로 계속 지내도 괜찮다고 생각되곤 한다. 다른 사람과 같이 지내지 않아도 괜찮다고.

하지만 한편으로는 어딘가 멀리에 살고 있을, 아직 만나지 못한 사람과 불쑥 마주쳐 인생이 알 수 없는 방향으로 흘러가 버리면 좋겠다는 생각도 있다. 베란다의 화분을 돌보는 것도, 방 안을 청소하는 것도 다 잊고, 사랑만 생각하며 알몸으로 뒹굴어 보고 싶다고.

그리운 것은 사랑이 아니라 그때 호르몬의 상태이고, 원하는 것은 의외성뿐이다. 이미 그런 것들이 아니면 나를 움직이지 못할 듯하다.

와인을 마시면서 꿈꾸는 기분으로 두런두런 이런 얘기를 하면, 실제로 그런 행동을 했던(도쿄에서 태어나고 자라 오키나와에서 사랑을 하고, 부모님과 남편과 함께 나하로 이주해 살면서 딸을 낳았다.) 유미코는 늘 '머리만 커서 생각이 많다.'고 내게 핀잔을 준다. 현실적으로는 어딜 가나 귀찮은 일과 성가신 사람과 일상과 생활이 있을 뿐이라고. 더구나 연애를 하지 않는 건, 자기도 마찬가지라면서.

"그건 그렇지, 언제 어디서나 본인 하기 나름이잖아." 하고 나는 말한다. 게다가 이 나이가 아니면 경험할 수 없는 멋진 일도 언제나 있고.

연애만 해 왔던 나는, 이렇게 내 방 창가를 꾸미고 만족하는 기분도, 비싼 와인을 마시면서 거리를 바라볼 여유도 없었다. 사랑이라는 필터가 끼여 있을 뿐인 조잡한 세계를 세계라 여겼다.

옛날에 나보다 100배쯤은 더 놀았던 유미코는 아이가 태어나기 전에 강아지를 충동구매했는데, 이러니저러니 구시

렁거리면서도 10년이나 키우고 있고, 결혼을 하더니 느닷없이 카노 자매(연예인, 친자매는 아니다 — 옮긴이)처럼 머리를 우아하게 염색했고(그러데이션까지 넣어서), 오늘도 금색 펄이 들어간 양말을 신고 왔으니(오키나와에서는 양말을 별로 신지 않으니까, 신이 나서 오기 전에 시부야에서 샀다고 한다.) 어떤 의미에서는 나보다 훨씬 자유롭다.

그렇게 욕망을 조금씩 해소하고 있으니까 매일이 따분하지 않을 것이다.

유미코는 아이와 개를 나하에 사는 부모님에게 맡기고 온 덕분에 무척이나 여유로워 보였다. 오늘 밤에는 모모라고 하는 셰프가 니시아자부에 새로 낸 이탈리안 레스토랑에서 식사를 하고, 그다음 어른들을 위한 이벤트를 하는 클럽에 가든지 쇼와 시절 가요를 들려주는 바에 가자면서 열심히 잡지를 들추고, 멋대로 전화까지 걸어 예약을 했다. 나는 그런 뒷모습을 정겹게 바라보았다. 이런 식으로 토요일 오후를 자주 같이 지내곤 했다, 술이 덜 깬 상태에서.

"어디든 같이 갈게. 내일은 쉬는 날이니까."

내가 말했다.

"사귀는 사람도 없고, 지금은."

작년에 서른다섯 살이 되었을 때, 오래 사귀던 연인과 헤어졌다. 편집자인 그에게는 아내가 있어서, 모든 게 염증이

나 내가 헤어지자고 했다. 딱히 그 사람이 싫어졌거나 결혼하고 싶은 사람이 생겼거나 아이를 원했던 것은 아니었지만, 아무튼 그냥 싫증이 났다. 나이는 서른이 넘었는데, 부모님은 살아 계시고, 본가는 도쿄이고, 일하는 틈틈이 아내가 있는 연인을 만나 같이 밥을 먹고, 가끔 그가 여기 와서 자고 가고, 그런 예상을 조금도 벗어나지 않는 생활의 엷은 안개 같은 것이 나와 나의 미래를 부옇게 뒤덮고 있는 상황에 싫증이 났다. 이대로 가면, 그 예상할 수 있는 안개가 나를 완전히 뒤덮고, 내게서 양분을 다 빼앗아 간 나머지, 의외성이 전혀 없는 인생이 펼쳐지더라도 빠져나오기가 힘들 것이란 느낌에, 손쉽게 할 수 있는 것부터 바꿔 보았다.

의외로 슬프지 않았다. 기분 전환 삼아 유미코를 만나러 나하에 가서 아이들과 놀고, 호텔 수영장에서 아무 생각 않고 수영을 했더니, 그런 사람은 없었던 게 아닐까 싶을 정도로 후련해졌다. 간혹 지쳐서 집에 돌아올 때 '그 사람과 한잔할 수 있다면.' 하고 생각하거나, 하네다와 도쿄 역에서 '여기도 둘이서 곧잘 걸었지.' 하며 눈물이 약간 고이는 정도였다. 슬픔마저도 안개 속에 있어, 조금도 뾰족하거나 위험하지 않았다.

유미코는 학생 시절과 변함없는 등이 구부정한 특유의 자세로, 내 방에서 가장 멋진 가구인 베네치안 거울 앞에 앉아 공들여 아이라인을 그리고 있었다.

그녀가 가장 좋아해서 오래전부터 들고 다니는 큼지막한 앙리 쿠일 가방이 입을 좍 벌리고 있고, 그 입을 여미는 예쁜 아프리칸 비즈가 방울방울 사탕처럼 보였다. 안에는 반짝거리는 것이 잔뜩 들어 있다. 테두리 색이 엷은 거울, 꽃무늬 파우치, 금발의 조그만 여자 인형, 나무로 된 굵은 팔찌, 영국 여자가 자기 부엌에서 만들었다는 달콤한 립밤.

"너, 여전하다. 온갖 게 다 들어 있어, 가방에."

내가 말했다.

"우니히피리를 위해서야."

유미코는 이쪽을 돌아보지 않고 말했다.

나는 모르는 너무도 뜻밖의 말이어서, 거울을 향해 어리둥절한 표정을 지어 보였다. 거울 속에서 둘의 눈길이 마주쳤다. 그녀의 눈은 어린아이 같았다.

"그게 무슨 말이야?"

내가 물었다.

"하와이 말? 무슨 종교에라도 든 거야?"

유미코는 고개를 저었다.

"아니. 아는 사람이 빌려준 책에 쓰여 있었어. 내용은 어려워서 잘 모르겠는데, 그 부분만 이상하게 수긍이 가서. 옛날부터 내 안에, 어떤 때에든 어린 여자아이가 함께 있대. 그래서 그 아이가 심심해하지 않게, 그 아이가 좋아하는 걸 갖고 다니는 거야."

"너, 머리가 어떻게 된 거 아니지?"

내가 물었다.

"그런 질문을 하는 것 자체가, 어른 투라서 걱정되네."

유미코가 웃었다.

"이게 가장 지름길이야, 사실은."

"반짝거리는 장난감을 갖고 다니는 게?"

내가 물었다.

"심리학적으로도 옳다고 봐. 네가 항상 끼고 있는 그 도마뱀 반지도, 어쩌면 그 어린아이가 타고 다니는 건지도 모른다고."

유미코가 말했다.

"오호라. 그러니까 심층의식을 위로하라, 그런 말이니?"

내가 말했다. 유미코는 고개를 깊이 끄덕거렸다.

"그래, 그런 말이야. 우리가 아무리 나이를 먹어도, 그 여자아이는 우리 가슴 속에 있어. 그리고 언제나 무관심 속에 있어서, 외로워하지. 얼굴은 웃고 있어도 마음은 울고 있을 때, 좋아하지도 않는 남자와 잤을 때, 자기는 주위 사람들을 끔찍이 생각하는데, 정작 자기는 아무도 돌아봐 주지 않을 때, 그 아이는 조그맣게 위축되어 있어. 그래서 그 아이를 위해 항상, 그 아이가 좋아하는 걸 지니고 다니거나 고르기만 해도, 인생의 가능성이 거의 무한하다시피 확장돼. 정말이라니까, 주술 같은 거 아니야."

"그럼 내가 늘 편강을 별 생각 없이 가지고 다니면서 입이 심심할 때 먹는 것도, 정말 즐거웠던 고치 여행 때 가게에서 받은 볼펜을 거의 부적 삼아 갖고 다니는 것도, 비슷한 거겠네?"

내가 말했다.

"그럼. 그 아이는 쓸모없는 것일수록 더 좋아해. 다음에 의식적으로 해 봐."

유미코가 말했다.

"별 생각 없이 하는 게 무엇보다 중요하기는 하지만."

완벽하게 화장을 마친 유미코는, 그래도 역시 옛날보다는 늙어서 가슴이 찡했다. 훨씬 젊고 탱글탱글하고 매끈했던 유미코, 아직 아이를 낳지 않았던 유미코와 더 좁은 방에서, 이렇게 밤을 기다렸던 기억이 몸의 기억으로 생생하게 되살아났다.

왜 우리는 반짝거리는 것을 살까, 왜 휴대폰에 갖가지 줄을 매달까, 왜 작년에 쓰던 아이섀도를 버리고 새로 사고 싶어 할까. 왜 책상 위에 자질구레한 것들을 모아 놓고 바라보는 것일까.

남자들도 그렇다. 왜 온갖 것들을 모으고, 바라보고, 사용하고, 집착하고, 늘어놓는 것일까. 지금의 나 자신을 위해서만은 아닌 듯하다. 우리 눈에는 장난감으로밖에 보이지 않는 것을, 자기 안에 사는 어린 남자아이를 위해 수집하는 게 아닐까.

그렇게 모으는 것이, 자기 안의 어린 남자아이를 격려하고, 위로하고, 기쁘게 하기 위해서라면 정말 멋진 일이라고 나는 생각했다. 그 아이는 나의 고유한 것이 아니라, 태곳적부터 누군가의 안에 있다가 면면히 이어져 내려온 무엇이며, 끊임없이 그 아이를 따뜻하게 보듬는 것으로 우리는 인류의 역사 자체를 치유하고 있는지도 모른다.

"그래서, 뭐가 변했어? 그 책, 나도 읽어 볼까 싶네."

내가 물었다.

바닥에 벌렁 누운 유미코의 머리칼에 햇살이 닿아, 고양이털처럼 투명하게 빛났다.

"응, 읽어 봐. 있지, 뭔가 거대한 것에 감싸여서 외톨이가 아니라는 느낌이 들어. 종교 같기도 하지만. 그리고 뭐랄까, 나, 이제 외롭지 않은 것 같아. 혼자 있어도. 책을 읽을 때는 그냥 읽어 넘겼거든. 그런데 나중에 알았어. 외출을 하는데, 우리 아이가 조그만 가방에 자질구레한 것들을 잔뜩 담아

들고 나서잖아. 그때 확 깨달았어."

그렇게 말하는 유미코의 얼굴이 완전히 엄마 얼굴이었다.

"그렇잖아, 아이들 가방은 다. 구슬이며 좋아하는 책이며 가짜 동전이며, 그런 것들로 가득 차 있잖아. 나도 처음에는 그러지 말라고 했어. 다 쓸데없으니까 갖고 가지 말라고. 그런데 어느 날, 혹시 이게 그런 게 아닐까 하는 생각이 든 거야. 이렇게 어린아이들 안에도, 진실만을 얘기하는 조그만 아이가 있어서, 아이들 각자가 본능적으로 그 아이를 돌보고 있는 게 아닐까 하고 말이야. 어쩌면 정말 중요한 일일지도 모르겠다고. 나는 이제 어른이고 아이도 있으니까, 가방에 불필요한 건 넣어 다니지 말자고 생각했거든. 사탕도, 반짝거리는 키홀더도, 무겁고 짐만 된다고 말이야. 그런데 지금은 아니야. 불필요하고 쓸모없는 게 가장 반짝거리고, 인생도 그런 것들을 원한다는 걸 알아."

시간은 흐르고 있다.

나는 생각했다. 나도 반짝거리는 것을 잔뜩 가방에 담아 여행을 떠나자고. 인생이라는 바다를, 그 어린아이와 손에 손을 잡고 항해하자고. 키를 잡은 손은 마음, 진실을 아는 것은 그 작은 아이의 눈동자. 그렇게.

* 이 단편소설은 《Grazia》 2010년 8월호에 실린 것으로, 『우니히피리 실천법』(이하레아카라 휴렌, KR 지음/타이라 아이린 인터뷰)을 읽은 감상으로 쓴 것이다.

들어가면서

타이라 아이린

서두에 실린 소설은, 10년 전 《Grazia》라는 잡지에 요시모토 바나나 씨가 기고한 단편입니다.

이 잡지가 발매되었을 때, 나 또한 '호오포노포노'를 실천하고 있었지만 여전히 우니히피리(잠재의식, 내면아이)가 들려주는 진심은 들리지 않는 척하고 있었어요.

그런 와중에 이 소설을 만났습니다. 주인공이 조금씩 우니히피리의 존재를 깨우쳐 가는 리얼한 과정이 내 마음에 아주 든든하고 사랑스럽게 다가왔습니다. 우니히피리는 언제나 나와 함께 살아가고 있다는 걸 잊지 않으려고, 마치 수호신처럼 여기며 몇 번이나 다시 읽었지요.

요시모토 바나나 씨의 작품은 열 살 때 처음 읽었어요. 그 당시 혼자서 곧잘 다니던 동네 도서관에서, 무심결에 집어든 책이 『티티새』였습니다.

어렸지만, 생각과 현실 사이가 조화롭지 못해 답답했던 나는 등장인물들 마음의 움직임과 선택 하나하나에 큰 위로를 받았습니다.

그때부터 오늘까지, 전 세계에 퍼져 있는 '요시모토 바나나 팬'의 한 사람으로, 바나나 씨가 쓴 말 하나하나와 함께 살아왔어요.

일본에서 호오포노포노 클래스가 처음 열린 십여 년 전, 도쿄의 행사장에 요시모토 바나나 씨가 오셨어요.

그렇게 좋아하는 작가가 눈앞에 있는데도 신기하게 긴장되지 않고, 오히려 바나나 씨의 순수한 존재감에 '아, 이게 이어진다는 거구나.' 하고 느꼈습니다.

호오포노포노에서 말하는 것처럼, 과거의 기억을 정화(Cleaning)함으로써, 완벽한 타이밍으로 내게 정말 중요한 정보와 사람이 아무 마찰 없이 하나가 되어 가는, 그런 거대한 흐름 전체와 마주한 듯한 신비로운 감각을 느꼈습니다.

그 후로, 바나나 씨와 종종 대화를 나눌 수 있었습니다.

바나나 씨는 사람을 에고나 상식이 아닌 생명이 있는 존재로 대합니다. 또한, 알게 모르게 이 세상에 축적된 마음의 앙금과 거짓(호오포노포노에서는 이것을 '기억'이라고 표현합니다.)을 언제나 예리하지만 진실된 말로 깨우쳐 줍니다. 그것은 사랑이 깊기에 가능한 일이죠.

"사랑 혹은 기억, 우리는 둘 가운데 하나만 선택할 수 있어요."

호오포노포노를 세상에 널리 알린 휴렌 박사도 늘 그렇게 말했습니다만, 바나나 씨와 함께 있으면, 내가 어느 쪽을 선택했는지 명확하게 알 수 있었어요.

그리고 어느 쪽을 선택하는지가 명확해지면 명확해질수록, '진정한 자신'으로 살기가 점점 쉬워지고, 나날의 생활이 자연스럽게, 그리고 자유롭게 변화해 갔습니다.

그러나 한편, 스스로를 속이거나 타인에게 좋게 보이려는 지금까지의 습관에서 좀처럼 벗어나지 못하는 경우도 있고, '진정한 자신'이 명확해지면서 더욱이 지금까지 살아온 인생에서 나 자신을 무시하고 주변에 상처를 준 일과 다시금 마주하게 되는 기회도 주어졌지요.

그래서 고통스러워 도망치고 싶거나, 아예 다른 사람으로 태어나려고 애쓰다 고꾸라지고 넘어지는 일도 있었습니다.

그야말로 그런 상태에 있을 때 이 대담을 하게 되었어요. 그러니까 이번 대담은 나의 '인생 재고정리 이벤트'인 셈입니다.

대담을 하는 중에, 지금, 그리고 지금까지의 내가 왜 이런지, 그 상태를 미화하거나 비하하려 할 때마다 바나나 씨는 터프한 사랑(tough love, 사랑의 채찍)으로 '또 기억이 재생되고 있다!'는 걸 깨우쳐 주셨어요. 덕분에 저는 나의 우니히피리와 재회해 무엇과도 바꿀 수 없는 지금으로 돌아올 수 있었습니다.

이 책에는 그 반복 속에서 정화가 진행되어 가는 흐름이 기록되어 있습니다.

여러분이 만약 '나답지 않다.'고 느끼거나 '지금 자유롭지 못하다.'고 느끼고 있다면, 별거 아닌 일로 수다를 떨듯이 우니히피리의 목소리를 들어 보면 어떨까요?

그러면 언제든 자기 자신으로 돌아갈 수 있어요. 우니히피리는 그런 홈 베이스로 돌아가는 방법을 가르쳐 줍니다.

이 책을 읽어 주셔서, 감사합니다.

Peace of I

호오포노포노란?

'호오포노포노'는 하와이 말로 '잘못을 고친다.'는 뜻입니다.

이는 불균형을 바로잡아 원래의 완벽한 균형을 되찾는, 하와이에 고대로부터 전해져 내려오는 문제해결법이죠.

이것을 하와이의 인간문화재로 인정된 전통치료 전문가 고(故) 모르나 나라마크 시메오나 여사가 누구나 자기 혼자서 실천할 수 있도록 발전시킨 것이 바로 '셀프 아이덴티티 스루 호오포노포노(Self I-dentity Through Ho'oponopono, 현재의 정식 명칭)'입니다.

주된 실천법은, 우리에게 쌓인 기억을 소거, 즉 '정화' 하는 것이죠.

호오포노포노 실천의 열쇠는 기억의 저장고인 '우니히피

리'입니다.

이너 차일드(Inner Child, 내면아이)라고도 불리는 우니히피리는 어렸을 때의 기억만이 아니라, 우주가 시작된 순간에서부터 지금 현재까지의 모든 기억을 축적하고 있어요.

당신의 성격이나 습관은 모두 이러한 우니히피리가 보관하고 있는 기억에 따른 것이죠.

우니히피리가 보여 주는 기억의 재생 신호는 이렇습니다.

지금 어떤 것에 관심이 있나. 어떤 일에 상처 입고, 분노를 느끼는가. 왜 나는 그 가수는 좋아하는데, 다른 가수에게는 관심이 없나.

가족 사이에서의 위치도, 지금의 직장도, 사는 곳도, 친구에게 들은 한마디가 거슬리는 이유도, 돈과의 관계도.

말투도, 긴장하면 나오는 버릇도…….

우니히피리가 저장해 놓은 방대한 '기억'이 재생될 때마다 우리는 체험으로 그걸 지각합니다. 그리고 기억을 정화함으로써, 신성한 존재 '디비니티'로부터 원래 주어진, 자신에게 가장 완벽한 정보를 영감으로서 감지할 수 있는 것이죠.(25쪽 그림 참조)

기억에서 해방되면 본디의 자신을 통해, 자기다운 진정한 풍요로움과 인간관계, 그리고 몸과 마음의 건강을 되찾을 수 있습니다.

그러니 당신은 우니히피리의 목소리를 듣고, 스스로를 무시하지 않고 소중하게 다루며 정화를 실천해 가면 됩니다. 그러면 불필요한 기억은 소거되고, '진정한 자신'을 되찾아, 당신의 리듬과 페이스로 당신에게만 있는 재능을 발휘하며 살아갈 수 있게 되는 것이죠.

우니히피리를 돌보는 것이야말로, 최선의 정화입니다.

정화의 하나로, 대표적인 네 가지 말을 읊조리는 방법이 있습니다. 문제를 느꼈을 때, 이 말을 마음속으로 읊조리면 기억이 소거됩니다.

고맙습니다.
미안합니다.
용서하세요.
사랑합니다.

문제를 느꼈을 때는 물론, 나날의 일상생활 속에서도 매순간 자신을 정화해서, 과거의 기억으로부터 해방되어 지금 이 순간 진정한 자신을 사는 것, 그것이 바로 호오포노포노입니다.

나

'나'라는 의식은 '세 가지 자아/셀프(2~4)'와 '디비니티(1)'로 구성되어 있다.

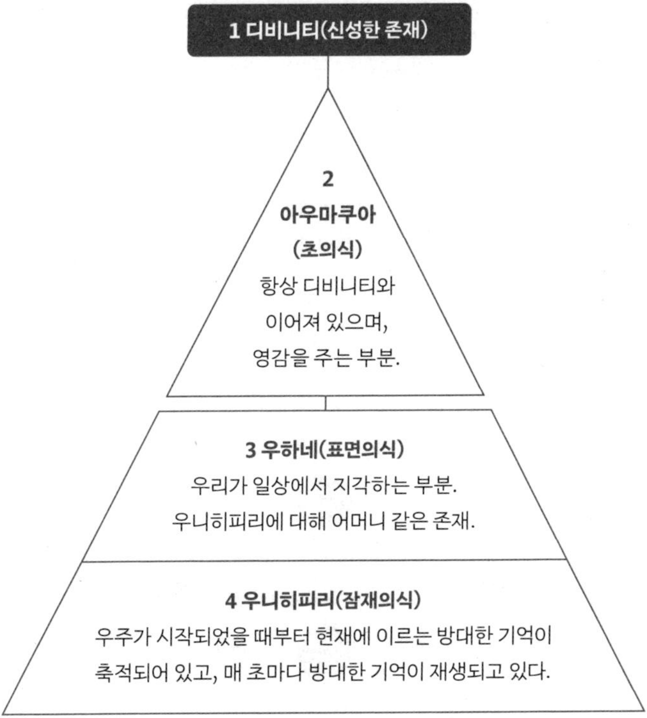

정화하기 전

기억이 재생되면서 디비니티와 연결이 끊어져, 마음이 균형이 깨진 상태. 영감도 감지할 수 없다.

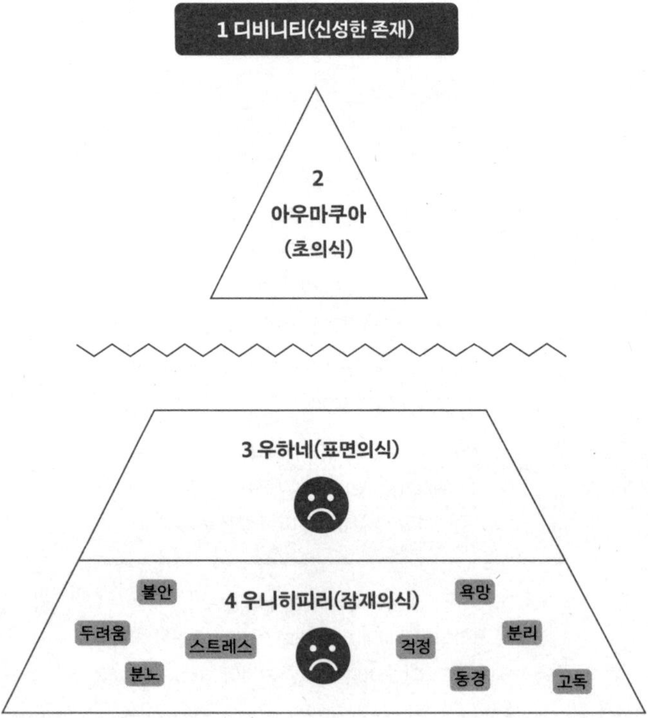

정화를 하면

기억에서 해방되어 자유로운 상태. 디비니티와의 연결이 회복되어 영감을 받을 수 있다.

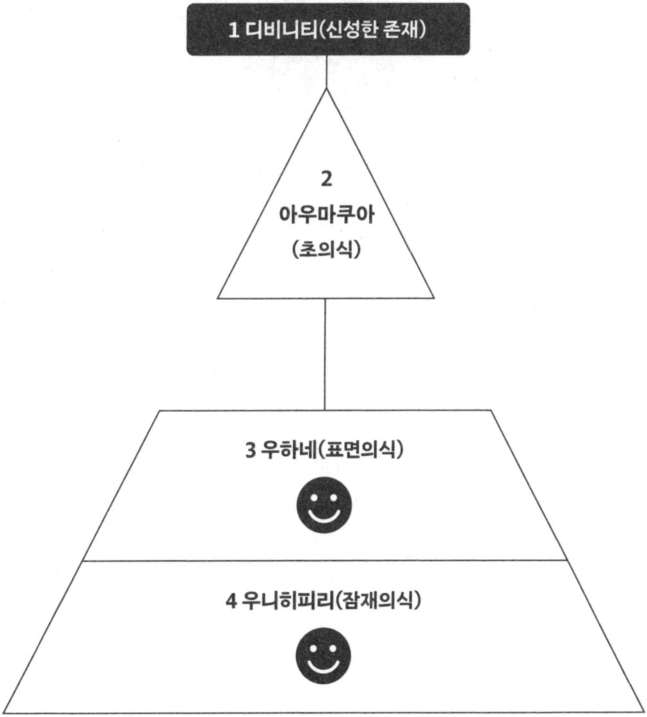

두 사람의 지금까지, 그리고 현재의 생활

요시모토 바나나

Banana Yoshimoto

1964년 도쿄에서 태어남. 소설가. 1987년 소설 『키친』으로 가이엔 신인문학상을 수상하며 데뷔. 『티티새』로 야마모토 슈고로 상 수상. 그 후, 국내외에서 수차례 문학상을 수상. 여러 작품이 30여 개국 언어로 번역 출판되어, 전 세계에 많은 팬이 있다. 현재, 남편과 아들과 반려동물들과 도쿄에서 생활하면서 전 세계를 두루 다니고 있다. http://note.mu/d_f에 '도쿠다미짱과 후시바나'를 올리고 있다.

타이라 아이린

Irene Taira

1983년 도쿄에서 태어남. SITH 호오포노포노 아시아 사무국 홍보 담당. 파란만장한 인생을 보낸 어머니 베티와 함께 롤러코스터 같은 유년기를 보냄. 호오포노포노를 만난 이후, 생활의 모든 장면에서 호오포노포노를 실천 중. 2014년 타이완 남성과 결혼하여, 두 아이를 낳고 타이베이에서 살고 있음. 현재 아시아를 무대로, 호오포노포노를 세계에 널리 알린 휴렌 박사와 KR 여사를 창시자로 하는 'SITH 호오포노포노'의 강연회를 서포트하고, 자신의 체험을 공유하는 강연 활동을 하고 있다.

1
삶이 쉬워지는 비법

우니히피리와의 대화

타이라 호오포노포노에서 문제를 해결하는 열쇠는, 내면아이인 우니히피리를 돌보고, 또 대화하는 것이라고 하는데요. 바나나 씨에게 꼭 물어보고 싶었어요, 그게 어떤 의미인지.

요시모토 사람은 막 태어났을 때는 그 사람 자체인데, 시간이 흐르면서 '재능 있는 야구 선수에게 코치가 여럿 달라붙는 것'처럼 되잖아요.
예쁜 노란색 새 운동화를 신고 신이 나서 학교에 갔더니, '노란색 운동화는 안 된다.' 하며 혼이 나고, 집에 돌아오면 '어머! 진짜 귀엽다.' 하고 칭찬을 듣죠. 날마다 그렇게 '대체 어느 쪽이 맞는 거야?' 하는 일을 겪다 보면, 아주 사소한 일도 삶에 충격을 주게 돼요.

타이라 정말 그래요.

요시모토 게다가 다른 엄마에게 "네 운동화 정말 귀여운데, 우리 아이 운동화를 봐. 이렇게 너덜너덜한 걸 신고 있어서, 너랑 있으니까 슬퍼하잖아." 하는 말을 듣는다면, 아이가 순수할수록 더 마음이 흔들리겠죠. '아, 이거 그냥 좋아하면 안 되는 일인가?' 하고 충격을 받았는데, 집에 가니까 부모님은 또 운동화가 정말 잘 어울린다고 하니, 뭐가 뭔지 혼란스러울 거예요.
이런 식으로 코치가 많은 세상에 갑자기 내던져진 셈이죠.
그래서 '내가 원래는 어땠지?' 하고 처음으로 거슬러 올라가 생각해 봐야 해요. 그 운동화를 부모가 '좋다.' 고 해서 좋다고 여겼는지, 아니면 처음부터 자기도 좋아했었는지 고민해 봐야죠. 스스로 깨닫지 못하면 영원히 정답을 알 수 없어요.

타이라 지금까지 헤아릴 수 없을 만큼 많은 사람들에게서 조언을 포함해 온갖 말을 다 들었어요.

요시모토 그러니까, '원래의 나는 어땠는지' 그 근본으로 돌아가려면, 우니히피리와 대화를 나누는 수밖에 없어요.

'그럼, 이 장면에서는 이렇게 맞출게. 하지만 사실은 달리 생각하고 있어.' 이런 식으로 마음속에서 우니히피리와 원활하게 대화하는 사람은, 어느 정도 행복하게 살고 있다고 봐요.

다시 말해서, 대답을 찾을 수 있는 사람은 이 세상에 자기밖에 없다는 것이죠.

'사실은 나, 이 운동화 좀 튄다고 생각했어.'

'역시? 옷이랑은 안 어울리지!'

'그럼, 그 사람 앞에서는 신지 말아야겠다.'

'그래, ○○네 집에 갈 때는 신지 않을게.'

이렇게 자기와 자기 사이의 대화가 잘 마무리되면, 아마 크게 빗나가지 않을 거예요.

타이라 수다를 떨듯이 우니히피리와 대화하며 '자기의 진심'을 듣는 것이군요.

요시모토 나의 진심을 다른 누구보다 자기 자신이 잘 알아야 할 필요가 있어요. 자기와의 대화 시간이 많으면 많을수록, 자기와 이어지기 쉽죠.

타이라 자기와의 대화가 그렇게 중요한데, 늘 뒤로 미루게 돼요.

요시모토 아마 다들, 자기와 대화를 하지 않는 거겠죠.

우니히피리의 목소리를 듣는 타이밍

타이라 그런데도, 좀처럼 적응하기 어려운 인간관계나 환경에 계속 있다 보면, 자기의 진심이 모호하게 느껴질 때가 있어요.

요시모토 센서로서는 체감이 최고라고 생각해요. 예를 들어서, '이렇게 좋은 사람인데, 왜 같이 있으면 이렇게 피곤할까?' 하는 경우(웃음), 역시 몸이 가르쳐 주는 거겠죠. 그리고, '이 장소, 그렇게 오고 싶었는데,

왠지 불편하네.' 하는 느낌. 그런 몸의 느낌을 따르면, 틀림없는 것 같아요.

타이라 호오포노포노를 만난 후로 '그때 사실은 정말 싫었지.' 하면서 우니히피리의 목소리를 받아들이는 날과 그런 작업을 하지 않는 날에 따라, 생활의 흐름이 몹시 달라진다는 것을 실감하게 되었어요.

요시모토 모든 게 달라지죠. 그 정도 일로 달라지겠냐 싶겠지만, 정말 달라져요.

타이라 언젠가, 친구에게서 오랜만에 모이자는 연락이 왔는데요. 연락을 해 줘서 반가웠고, 이성적으로는 좋은 일이라고 생각했어요. 그런데 한편, 좀 귀찮다는 느낌도 있었어요. 나의 진심을 깨달은 것이죠.

요시모토 깨닫는 게 무엇보다 중요하죠.

타이라 진심을 알고 나면, 무슨 전투 같은 얘기지만 (웃음), 내 안에 '전선'이 생겨서, 모임을 하는 중에도 불필요한 정보는 들어오지 않고, 헤어질 타이밍도 놓치지 않죠. '우니히피리가 지켜 주는 상태'라서, 저절로 자기답게 차분하게 있을 수 있어요.

요시모토 상황이 아주 매끄럽게 잘 흘러가죠.

타이라 나날의 스트레스를 줄이는 데도 중요하다고 생각돼요. 우니히피리의 목소리를 무시하고, 이 사람을 정말 좋아하니까, 친구니까, 가족이니까, 그런 이유로 '웬만하면 끝까지 이 장소에 있자.'고 마음먹으면, 상황이 왠지 모르게 부자연스럽게 돌아가잖아요. 요시모토 씨도 그런 일이 있지 않나요?

요시모토 있죠. 자각이 아주 중요해요. 자각하고 있으면 '내가 지금 뭘 하고 있는 거지?' '농담해?' 하는 식으로 생각하면서 있을 수 있잖아요. 자기 기분을 소중하게 여기는 게 좋아요.

타이라 사실은, 가능하면 KR 씨*처럼 단호하게 말할

* 카마일리 라파엘로비치. SITH 호오포노포노의 창시자인 고 모르나 여사의 첫 번째 제자. 하와이의 오아후 섬 산속에서 개와 살고 있다. 부동산업을 하는 동시에, 호오포노포노를 활용해 개인과 경영자를 위한 컨설팅, 바디 워크, 호오포노포노 강연 활동 등을 하고 있다.

수 있다면, 내가 정말 하고 싶은 일도 보다 쉽게 만날 수 있지 않을까 해요.

요시모토　나도 사실은 그 정도로 단호하게 말하지 않으면 안 된다고 생각해요. 그분은 '여기 있고 싶지 않다.' '싫다.' 하는 말을 분명하게 하기 때문에, 가끔은 과하지 않나 싶은 생각도 들지만, 서로에게 괜한 스트레스가 생기지 않으니 결과적으로는 바람직한 거라고 생각해요.

그리고 그 자리를 뜰 때, 남은 사람들에게 부담을 주지 않으면서 잘 떠나는 사람이 있는데, 그 또한 중요한 요소라고 생각합니다.

타이라　호오포노포노에서도 타이밍은 중요하다고 해요.* 매 순간 정화를 하는 건 무척 어려운 일이고, 잊어버리는 경우도 있죠. 그러나 매 순간 그렇게 할 수 없더라도, 자신이 느끼고 있는 것을 정직하게 자각하고, '난 사실, 이걸 좋아하지 않아요.' 하고 우니히피리와

---

* 지금 이 순간, 뭔가 불편하다고 느끼면 정화해요. 휴렌 박사는, '그 장소에서 왠지 눈에 띄는 것, 이상하게 마음이 술렁거리는 감각을 향해 정화를 하면, 시간이 되돌아온다.'고 했어요(타이라).

얘기하고, 그걸 정화**하도록 유념하고 있어요.

요시모토 그런 것이야말로 '우니히피리와의 대화'가 아닐까요.

타이라 그렇게 정화를 하고 나면, 내키지 않는 장소나 사람과도 기분 좋게 시간을 함께할 수 있게 되고, 상황도 잘 돌아가요. 참 신기하죠.

요시모토 애당초 갈 수 없게 되잖아요. 가고 싶지 않아서 안 가는 게 아니라…….

타이라 자연스럽게 갈 수 없는 사태가 발생하죠.

요시모토 '어? 나도 모르게 안 가게 됐네.' 하는 식으로 말이에요.

타이라 조금 전에, 하루의 어느 시점에 우니히피리의

** 지금 있는 장소에서, 그때 나타나는 감정과 사고를 향해 네 가지 말 '고맙습니다, 미안합니다, 용서하세요, 사랑합니다.'를 마음속으로 늘 읊조리려고 해요. 휴렌 박사는 그 네 가지 말을 할 때의 포인트로 '감정을 담지 말고, 그저 컴퓨터의 딜리트(삭제) 키를 누르듯이 읊조리라.'고 했어요(타이라).

목소리를 받아들인다는 얘기를 했는데요, 명상을 하거나 일기를 쓰는 것처럼 특별한 시간을 할애하는 행위도 해당이 될까요?

요시모토 그런 것도 좋겠지요. 어떤 수단이든 다 같아요. 아주 짧은 순간이라도, 자신의 생각을 깊이 이해하는 것과 이해하지 않는 것은 다르죠.

타이라 자성*을 위한 특별한 시간을 꼭 가져야 한다기보다, 조금 전의 얘기에서처럼 모임을 하는 중에 왠지 답답한 기분이 들었다면 '아, 왠지 답답하네.' 하는 식으로, 자신과 얘기하는 정도라도 좋겠네요.

요시모토 '나, 역시 이런 걸 별로 좋아하지 않나 봐.' 하고 자기 자신과 대화할 수 있다면, 굳이 명상이나 일기가 아니라도 괜찮다고 봐요.
그리고 마음은 아주 태연하게 거짓말을 하잖아요. 일기에도 '즐거웠다.'고 쓰고. 그런 건 별 의미가 없어요. '사실은 싫었어. 즐겁지도 않았고. 안 그래?' 하는 식

* 자신의 생각, 행동 등을 돌아보며 반성하는 일.

으로(웃음), 자기와 대화를 하는 것만으로도 충분하다고 생각해요.

영감과 미세한 조정

타이라 바나나 씨는 어떤 일을 하다가 무리한 나머지 선을 넘은 적이 있나요?

요시모토 그럼요. 매일 그렇죠. 그래서 매일 조금씩 수정할 수 있는 거라고 생각해요.

타이라 그럴 때, 무슨 사인이 있나요?

요시모토 '앗, 오늘 좀 지나쳤는데.' 하는 것처럼, 아주 사소한 사인이죠. 예를 들어서, 기분 전환 삼아 요리를 시작했는데, 그러다 '앗, 이거 한계를 넘었잖아.' 하는 생각이 들 때가 있어요. 아주 작은 사인이죠. '이거까지 만들었는데, 이참에 튀김도 만들어 볼까?' 할 때, '아니지, 잠깐. 이거 내 능력을 초과했잖아. 피곤하기도 할 테고, 맛있게 만들기도 어려울 거야!' 하고 느꼈을 때의 '미세한 조정'을 저는 굉장히 중요하게 여겨요.
미세한 조정만 하다 보니, 작은 인생이 됐는지도 모른다는 생각도 있지만요. 그래도 결국은, 미세한 조정이 가장 중요하다고 생각합니다.

타이라 어떤 의식이 작동했는데 흐름이 잠깐이라도 멈추면, 그게 정화의 사인이군요. 자연스럽게 확대되고, 그것이 청사진*에 준비된 자기 역할이면, 의식하지 않아도 몸이 저절로 움직이니까요.
능력을 넘어서거나 욕심이 생겼을 때, 대체 뭐가 자신을 그렇게 몰고 가는지를 돌아보거나 정화하면, 일이 자연스럽게 흘러가기 시작하죠. 그건 호오포노포노에서도 중요시하는 부분이에요.

요시모토 지금 욕심에 관한 에피소드가 하나 기억났는데, 어떤 일을 시작하면서 상대 쪽에서 1천만 엔을 주겠다고 제안한 적이 있어요. 나는 '4백만 엔이면 된

---

* 자기라는 존재에게 원래부터 주어진 특별한 지도, 설계도 같은 것. 재능, 특성, 가야 할 장소, 해야 할 일, 만나야 할 사람, 먹을 것, 읽어야 할 책 등등.

다.'고 대답했는데, 절대 욕심이 없어서가 아니라 뒤에 대가를 크게 치르게 될 액수였기 때문이에요. 하지만 4백만 엔어치는 되겠다고 생각했거든요. 그런 균형감에 무척 조심하고 있어요.

정말 1천만 엔에 값하는 일이었다면, 당연히 받죠. 그런데 앞으로의 일까지 포함한 액수로 여겨져서, 앞날까지 저당 잡히고 싶지 않은 생각에 가격을 내렸어요. 그런 판단은 몹시 어려운데, 직감적으로 그 숫자가 나왔어요. 그런 감각을 거스르면, 뒤탈이 있다는 것도 잘 알고 있거든요.

타이라 그런 판단을 하는 요령이나 타이밍, 받아들이는 방식은…….

요시모토 호오포노포노에서 말하는 영감**이겠죠. 그런데 인간이 어리석다 보니, 그때부터 또 이런저런 생각을 하죠. 그래도 그 돈이 있으면 여기도 갈 수 있고, 저기도 갈 수 있고 하고 말이에요. 진심은 아니어도

** 기억이 정화된 후 '진정한 자신'의 상태에 있을 때, 위대한 자연(신성한 존재, 표현 방법)에서 언제나 흘러나오는 필요한 모든 정보를 받아들일 수 있다. 항상 영감으로 빛나는 상태가 진정한 자신이며, 기억으로 그 흐름이 막혔을 때 우리는 문제를 체험한다. 동시에 우리는 '영감'이나 '기억'을 매일 매 순간, 선택하고 있다.

순간적으로 생각하게 돼요.
그러다 정말 그쪽으로 가 버리면 나중에 더 큰 손해를 본다는 걸, 몇 번이나 혹독한 경험을 치른 터라, 잘 알고 있어요. 우주는 엄밀하거든요.

타이라 쉽게 결단을 내릴 수 있는 일은 아니라고 생각하는데, 그런 때 영감을 선택하고 확신하는 힘은 '보이지 않는 넓은 세계'를 보려는 데서 오는 걸까요?

요시모토 대가를 치른 혹독한 경험이 많아서 그렇지 않을까요? 몸으로 배운 거겠죠.

타이라 그리고 조금 전에도 말이 나왔듯이, 매일 미세한 조정을 하기 때문에 그런 감각이 발달했는지도 모르겠네요.

요시모토 미세한 조정을 너무 해서, 다람쥐가 쳇바퀴를 도는 듯한 상태가 되는 일도 많아요. 그럴 땐 또 '조금 더 크게 생각하자.' 하고 스스로 생각하곤 합니다.
그러나, 아주 크게 생각할 수 있는 사람은 의외로 작게는 전혀 생각하지 못하니까, 이것도 균형감이지 않나 싶기도 해요. 작게 생각하는 사람이 있어서 크게 생각하는 사람도 있을 수 있다는 식으로요.
그런 우주의 균형 속에서, 나는 이렇게 살아가는 거구나 싶어서, 체념하려고 애쓰는 거죠.

'뭔가가 다르다.'는 걸 느끼는 힘

타이라 이건 사소한 일인데, 매일 딸을 데리고 공원에 놀러 가거든요. 같은 일을 반복해서 좋은 점도 있지만, 자신이 자연스럽게 '틀'에 맞춰지는 감각에 위화감을 느끼는 경우도 있어요.

요시모토 그렇죠. 인간이란 보통 그렇게 되는 법이고, 같은 멤버끼리 매일 지내다 보면 생활의 때랄까, 먼지 같은 것이 들러붙기도 하죠.

타이라 절대 나쁜 건 아닌데.

요시모토 나쁜 건 아닌데, 무거워지죠.

타이라 먼지가 꼈다 싶으면, 바로 정화를 해요.

요시모토 약간 거리를 두거나.

타이라 타이베이에 있는 우리 집 근처에, 마음에 드는 카페가 두세 군데 생겼어요. 매일 아침 그곳에서 두 시간 정도 커피를 마시면서 일을 하는데, 그렇게 정해 놓고 오가다 보면, 때로 그 카페의 무언가에 위화감이나 불쾌함을 느낄 때가 있어요.

요시모토 겉보기에는 아무것도 변하지 않았는데 말이죠.

타이라 네, 맞아요. 그냥 보기에는 아무것도 다르지 않은데, 그런데도 '오늘은 뭔가가 다르네.' 하는 느낌이 들어요.

요시모토 그런 경우가 있죠. 중요한 포인트네요. 의외로 가장 중요한 일인지도 모르고요. '아침에 마음에 드는 카페에서 일을 한다. 그렇게 살아가고 싶다.' 하는 대의명분보다, '어? 오늘은 좀 다르네.' 하는 느낌이.

인간의 내면에는 나이를 먹어도 죽고 싶지는 않다는 심리가 우선적으로 있기 때문에, 그에 대한 저항심으로 같은 일을 반복하고 싶어 해요. 그것도 인간의 본능 중 하나니까, 보통은 감정이 움직이지 않도록, 현실을 보지 않게끔 합니다. 매일 일정한 일을 반복하면, 죽음이 가까이 다가오지 않을 거라는 망상이 있는 거죠. 하지만 변화가 있는 것은 당연하고, 살아 있는 한 매일 몸 상태도 다르고, 기분도 다르죠. 움직이는 것과 움직이지 않는 것의 균형을 잡는다고 하는데, 그 고정되지 않는 면도 인간의 본능이라고 생각해요.

타이라 머릿속으로는 '오호, 오늘도 같은 곳에 갈 수 있는 행복함이여.' 하면서 자신을 설득하는데요. 그런데도 절로 재생되는 '바꾸고 싶지 않다.' '오래 살고 싶다.' '죽기가 두렵다.' 하는 기억이 보여 주는 건지도 모르겠군요.

요시모토 연결된 감각이죠, 안정을 원하는. 누구나 집에 돌아가면 안심하잖아요. 그 심리와 마찬가지로, 똑같은 행동을 반복하면 안심되는 건 생물체로서 어쩔 수 없는 것 같아요.

타이라 그런데 때로 나타나는 '틀에 갇히고 싶지 않다.'는 감각을 무시하고, '오늘도 그냥 가지, 뭐.' 하고 가면, 그날을 경계로 우울해져요.

요시모토 '뭔가가 다른데.' 하는 영감이겠죠.

타이라 그렇게 '뭔가가 다르다.' 하고 느끼는 자잘한 마음의 움직임과 몸의 감각이 중요하죠.

요시모토 '히모토레'* 선생님 말씀이, 몸에 끈만 감아도 인간은 느낀다고 하더군요. 그렇게만 해도 몸의 중추가 균형을 잡는다고요. 무릎 위에 끈을 느슨하게 감으면, 좀 더 오래 걸을 수 있고요.
'끈을 감는다고 무슨 변화가 있으랴.' 하고 생각하겠지만, 그렇지 않아요. 그 정도로 인간은 민감하고, 매 초마다 섬세하게 변하기 때문에 오히려 둔하게 하는 편이 생명에는 위험하다고 해요.
인간은 의외로 섬세함에 민감하다고 생각합니다.

---

* 밸런스 트레이너 고세키 이사오 씨가 창안한 끈 하나로 몸의 균형을 잡는 신체 조정법. 스포츠계를 비롯해 노인 간호, 의료 현장에서도 활용된다. 끈을 몸에 감고 움직이면 몸의 균형이 조정되어, 근육 뭉침, 통증, 나른함 등이 풀린다고 한다.

타이라 그런데 미세하게 변화하는 것에 민감하다 보면, 왠지 피곤할 것 같아서…….

요시모토 피곤하지 않아요. 오히려 편해지죠. 물론 생명에 위험한 일이 계속되면 아무래도 피곤해지겠죠. 하지만 변함없는 상태가 계속되면 안심하는 면도 있으니까, 그 다툼과 균형의 문제라고 생각해요. '불길한 예감 같은 거, 그냥 기분 문제야.' 하고 생각한다든지.

타이라 아닌 게 아니라, 그때그때 생기는 감정을 바로 그 자리에서 정화하면서, 변화를 느끼고 하나하나 선택해 가면, 주변과의 조화가 돌아오더라고요.

요시모토 고정하고, 보지 않으려는 두려움 중심의 본능보다는, 매일 섬세하게 조정하는 편이 사실은 보다 본능에 가깝지 않을까요.

자기 페이스로 살아가려면?

타이라 전에 처음 만나는 분이 무슨 일을 하느냐고 질문했는데, 뭐라고 대답하면 좋을지 몰라 참 곤란했어요. 세미나업? SITH 호오포노포노 아시아 사무국 홍보 담당 겸 타이완 사무국 대표?
그런데 요즘에는 직업을 묻지 않는 새로운 현상이 생겼어요. 상대가 저를 봤을 때, 얘기가 복잡해질 것 같아서 묻지 않는지, 아니면 굳이 묻지 않아도 나중에 조사할 수 있어서 그러는지 잘 모르겠지만, 아무튼 제가 횡설수설하기 쉬운 장면이 줄었습니다. 새로운 결과가 생겨난 거죠.

요시모토 무슨 말인지 잘 알겠어요. '야무지고 성격 좋은 커리어 우먼'이라는 캐치프레이즈를 내세우고 사는 거 어때요?(웃음) 그러면 모두들 '아아' 하면서 바로 수긍할 텐데. 물론 설명하기가 귀찮은 사람들 상대로 그렇다는 거지만. 어느 정도 거리가 있는 사람에게는, 서로 안심할 수 있도록 대략적인 게 좋으니까요.
인생이란 언제 어디서 무슨 일이 생길지 모르는, 사방으로 열린 유동적인 거잖아요. 스스로 이미지를 가지면서 길을 만들어 가는 수밖에 없어요. 모르는 나름으로.

타이라 '야무지고 성격 좋은 커리어 우먼입니다!' 하고 말할 수 있으려나?(웃음)

요시모토 가령 말인데요, 아이린 씨가 재벌에 가깝게 사시는 시부모님께 "죄송합니다. 다방면에 열려 있지만 무척 바쁘게 일하는 사람이기도 해서 남편 뒷바라지만 하며 살 수는 없어요." 하고 당당하게 말할 수 있다면, 의외로 많은 것들이 원활해지고, 시어른들도 이해해 줄지 모른다는 생각이 들어요.
하지만 그러지 못한다는 건, 아이린 씨의 결혼관에 강한 고정관념이 있다는 뜻이잖아요. 결국 자신이 갖고 있는 고정관념은 가장 약점이기도 해요. 그래서 정말 어려운 건데.
아마 아이린 씨는 '무언가에 정착하고 나면 성장이 멈춘다.'는 걸 본능적으로 느끼고 있는 거겠죠. 그리고 그 생각을 상대에게 성실하게 전하고 싶은 마음이 아주 강하다고 생각해요.

타이라 참 골치 아픈 타입이네요.(웃음)

요시모토 그래서 지속적으로 성장할 수 있는 거 아닐까요? 앞으로도 계속 그렇게 나아가겠죠.
그러니 '나는 이렇게 바쁘게 움직이지 않으면 회사를 운영할 수 없다.'는 걸 알기 쉽게 상대에게 설명하는, '기술'이 아니라 '마법' 같은 걸 체득하면 편해질 거예요. 그러면 독자적인 길을 갈 수 있을 듯한데.

타이라 결혼한 후에, 그 전과는 달리 여러 가지로 일이 잘 풀리지 않아서 막막했어요. 그때, 바나나 씨가 "지금 아이린 씨의 삶의 방식과 페이스로 가면, 마흔 살쯤 되었을 때 불쑥, 생각한 대로 만사가 풀리는 날이 올 거예요."라는 메일을 보내 주셨는데, 얼마나 마음이 가벼워졌는지 몰라요.

요시모토 요령을 깨우치면, 확 풀리는 듯한 기분이 드니까, '이, 이거구나!' 하는 순간이 반드시 있어요.
'아아, 여러분은 그렇군요. 하지만 난 그렇게는 안 해요.' 하면 주변에서 '에?' 하는 식으로 보지만, 그러다 '뭐 어때, 그 사람은 그런 사람인데.' 하게 되죠. 그런 세계가 기다리고 있는 듯한 기분이 들어요.
아이린 씨의 딸이 '나도 안 할 거야.' 하면 '그럼 엄마도 말지 뭐.' 하는 식으로 물러나는, 그런 일이 점차 가능해지면서 인생을 만들어 가는 이미지가 있어요.

타이라 정화하면서 실천하는 수밖에 없군요.

즐거움에 대한 집착

타이라 그런데 전에 바나나 씨와 한 책의 기획물로 대담*을 했을 때, 바나나 씨가 이런 말을 했잖아요.
"특히 우리보다 젊은 세대 사람들은 즐거움에 중독(집착)되는 경향이 심한 것 같다. 이런 위화감이야말로 내 안에서 정화**해야 하는 수밖에 없는데, 굉장히 즐겁지 않으면 즐겁다 할 수 없고, 큰 소리를 내면서 와글와글한 상태가 오래 계속되면 그럴수록 더욱 좋다는 분위기가, 일본의 요즘 시대에 공통된 정화 사항이라고 생각한다. 최근에 굳이 뭘 하지 않아도 즐거울

* 『호오포노포노 저니』 권말 대담

** 이렇게 무언가에 위화감을 느낄 때가 기억을 정화할 기회. 한 예로, 호오포노포노의 대표적인 정화 방법인 '고맙습니다. 미안합니다. 용서하세요. 사랑합니다.'를 반복한다.

수 있고, 즐겁다는 것은 오히려 고요하고 차분한 상태라는 걸 다방면으로 전할 수 있으면 좋겠다는 생각을 하게 되었다." 하고요.

요시모토 네, 그랬죠.

타이라 그 후로 일상생활을 하는 중에 '즐거움에 대한 집착'이 내 안에서 얼굴을 내민다는 걸 저도 깨달았어요. 그런 마음의 상태를 깨달을 때마다, 호오포노포노의 정화를 실천해 마음의 평정을 되찾을 수 있었는데요. 뿐만 아니라 마음이 크게 흔들리거나, 혼란스러워질 만한 때도, 사전에 막고 있는 듯한 감각이 있었어요.
호오포노포노는 '진정한 자신'을 살기 위한 프로세스인데, '즐거움에 대한 집착'을 버리니까 정화도 순조롭게 잘 되고, 몸도 마음도 편해지는 일이 많아졌어요.
바나나 씨는 요즘 젊은 세대의 현저한 즐거움에 대한 집착을, 어떤 장면에서 느끼시나요?

요시모토 특히 30대들이 '다른 사람과 같이 있을 때는 즐거워하지 않으면 안 좋다.'고 여긴다는 인상을 많이 받았어요.

타이라 안 좋다고요?

요시모토 네, '그건 거의 죄다.' 하는 식의 강박적인 느낌이요. 둘이 있든 여럿이 있든, 아무튼 와글와글, 시끌시끌 분위기가 살지 않으면 불안해하는 거죠. 자연스럽게 가게에 들어가서, 그냥 느긋하게 즐기고 나오는 사람이 의외로 적지 않나 싶어요. 활기가 있는 게 아니라, 표면적인 왁자지껄함이죠.
그것도 어쩌면 도쿄 특유의 현상인가 하는 생각이 들기도 합니다. 예를 들어 규슈에 있는 하카타에 가면, 술집에서 다들 요란하게 떠들면서 술을 마시는데, 귀가 아프지 않아요. 정말 즐거워서 즐겁게 얘기하는 목소리는 귀에 거슬리지 않잖아요.

타이라 가끔 아버지와 함께 도쿄의 번화가에 나가면, 왠지 안절부절못하게 되고 '아버지가 당황하지 않기를' 바라는 경우가 많아요. 아직 60대 중반이시라, 할아버지 나이는 아닌데도요. 그런데 타이완에 놀러 오셨을 때는, 아버지가 무척이나 느긋하고 당신답게 행동하시더라고요. 그래서 안심하는 제 자신을 깨달았어요. 여행을 온 거라 그럴 수도 있겠지만.

요시모토 오히려 어르신들과 있는 게 편하죠.

타이라 나는 어린 시절로 돌아가고, 아버지는 인생의 선배로 앞서 걸어가는, 그런 느낌이 강렬한 시간이었어요. 그때의 즐거움은 함께 지내는 시간 속에서 배어 나온 것이죠. 큰 소리로 얘기하고 법석을 떠는 즐거움이 아니라.

요시모토 조금씩 조금씩 즐거워지는.

타이라 그러네요. 조금씩 조금씩이라는 말이 딱 맞아요. 아버지가 일본으로 돌아가신 후에도, '잘 다녀가셨네, 즐거웠어.' 하는 애틋한 기분이 아주 오래 지속되었어요.
그런 때, 바나나 씨가 말한 '즐거움에 대한 집착'이라는 말이 다시 떠올랐어요. 조금씩 조금씩 커져 가는 이 감각과 대체 뭐가 다른지 생각해 보았더니, '친구들과의 모임'이 떠오르더군요. 가령, 오랜만에 귀국해서 친구들과 만날 때, '다들 반가워하고 즐거워했으면 좋겠네.' 하고 힘이 들어가요. 의식하는 거죠.

요시모토 피차가 강요하는 즐거움이죠.

타이라 그 압박감이 어쩌면, 조금씩 조금씩 즐거워지는 게 아니라 '즐거움에 대한 집착'에 가까운, 시끌시끌한 마음의 상태를 만들었는지도 모른다는 걸 깨달았어요.

고독과 외로움의 이유

타이라 도쿄로 돌아오면 느끼게 되는 강요당하고 있는 듯한, 또는 상대에게 기대하고 있는 듯한 감정은 어디에서 오는 걸까요?

요시모토 모두가 외부인이라는 전제하에 성립된 도시라서 그런가 싶은 생각은 있어요. 지방에서 온 사람들이 모여 사는 도시라서, 서로가 서먹하고 외롭고.

도쿄가 원래는 서민적인 곳이잖아요. 최근 저처럼 도쿄에서 태어나고 자란 사람과 비슷한 얘길 나눈 적이 있어요. 길 가다 어깨가 부딪치면 '쳇' 하거나, '전철에 유모차를 태우지 말라.'고 하는 사람들은 기본적으로 도쿄 토박이가 아니지 않나 하는 얘기였죠.

단정할 수는 없지만, 그런 사회적인 변화도 있지 않나 싶어요. '즐거움'이나 '여기 있는 나는 괜찮다.' 하는 점에서 허세를 부리지 않으면 안 되는 곳이 지금의 도쿄가 아닐까 하는.

<u>타이라</u> 그럴 수도 있겠네요. 목소리가 서로에게 쉬이 닿지 않는 도시인지도 모르겠어요. 실제로 몸짓을 크게 하거나 목소리를 높이지 않으면 전달되지 않는 상황을 흔히 봐요. 깜찍한 레스토랑에 가도, 이쪽에서 뭔가를 드러내지 않으면 평생 주문을 받으러 오지 않을 듯한.(웃음)

<u>요시모토</u> 오지 않을 거예요, 아마.(웃음) 모두들 그렇게 위화감을 갖고 있으니 위화감으로 가득한 도시가 되는 거겠죠.

타이라 그런데 바나나 씨를 만나러 시모기타자와*에 가면, 허둥대거나 괜히 흥분하는 일 없이 여유롭게 거리를 걸을 수 있어요. 그건 제가 좋아하는 바나나 씨가 생활하고, 정화하고, 매일의 삶을 영위하는 곳이어서 그렇겠죠.

요시모토 내가 잘 가는, 아는 곳에만 가기 때문일지도 모르지만, '나의 시모기타자와'이기는 해요! 아이린 씨와 함께 지내는 타이베이도 같은 느낌이죠.

타이라 호오포노포노에서는 '땅에도 의지와 아이덴티티가 있다.**'고 해요. 땅은 모든 역사를 기억하고 있고, 그 장소에서 생긴 일, 어느 날 누군가가 거기서 느낀 감각까지 기억하고 있다고 말이에요.
우리는 우리도 모르게 온갖 사물과 공간에서도 정보와 감정을 받아들이고 있죠. 나도 모르게, 무수한 감정을 온갖 땅에 떨구기도 하고요. 그래서 처음 가는 장소에서는 나름의 정화를 하고 있어요. 그 장소를 아

* 도쿄 도 세타가야 구에 있는, 젊은이들에게 인기 있는 동네. 빈티지 숍과 카페가 많은 한편 한적한 주택가가 있고 도심에 가까워 통근에도 편리한 곳.

** 호오포노포노에서는 인간과 동물, 식물과 땅, 바다와 산, 강, 쇠와 공기에도 셀프(자기)=아이덴티티가 있다는 것을 배운다.

끼며 생활하는 사람과 같이 있으면 그 지역의 케어 테이커*와 함께 걷는 셈이니까, 안심하게 되는 거죠. 숙련된 가이드와 트레킹을 하는 듯한 안도감과 설렘이 있는 것과 마찬가지로 자연스러운 일이죠.

이와는 반대로 마음이 분주한데 정화하지 않은 채 불쑥 어떤 곳에 가거나 누군가를 만나면, 모르는 곳이 아닌데도 왠지 초조하고 쓸쓸한 기분이…….

요시모토 그렇게 점차 서먹하고 낯선 도시가 되어 가는 거겠죠.

타이라 아무런 마음의 준비가 없는 상태에서, 또 처리되지 않은 기억을 마음속에 꾹꾹 담은 채 어딜 가면, 내가 아닌 누군가를 부자연스럽게 연기하는 듯한 불편함을 느끼곤 해요. 이 친구를 만날 때는 어떤 모습의 나여야 한다거나, 고정된 누군가로 있으려는 것처럼.

---

* 토지와 장소를 정중하게 접하고, 그 토지와 자기 사이에서 체험한 것(아름답다, 오래되었다, 두렵다는 등의 감정을 느끼거나, 그곳에서 당한 사고, 목격한 것 등)을 정성스럽게 정화하면 동시에 자연과 자기, 그리고 토지도 돌보는 것이 된다. 그렇게 정화하는 사람을 여기에서는 케어 테이커라고 한다.

요시모토 모두들 그런 생각이 있기 때문에 긴장하는지도 모르죠. 아무래도 그 사람이 좋게 여기고 선택해서 지금 그 장소에 살고 있는 거니까, 자기가 좋아하는 사람이 선택한 눈높이로 보는 그 도시는, 자기에게도 특별한 것이 되죠.

그래서 아이린 씨가 없을 때 가면, 타이완이 내게 보여 주는 얼굴이 전혀 달라요. 그런 의미에서 보면 '연관성이 별로 없는 사람'이 많이 존재하는 곳이 도쿄인지도 모르겠네요.

예를 들어서, 우리 남편은 전에 에비스**에서 일했는데, 예전 남자친구와 데이트하는 아이린 씨와 딱 마주치기도 하고.(웃음)

타이라 자주 마주쳤죠!(웃음) 그때의 저는 정말 철부지였어요.

요시모토 아니에요, 전혀 그렇지 않았어요. 둘 다 멋졌습니다.

에비스에 갔다가 그렇게 아아린 씨와 우연히 마주친

** 도쿄 도 시부야 구에 있는, 2019년 '살고 싶은 동네' 랭킹 2위의 인기 지역.

일을 포함해서, 그 당시의 내게 에비스는 아주 친근하고 생활 속에 있는 동네였어요. 그러다 남편이 이사한 후로는 갑자기 회사원들만 우글거리는, 시끄럽고 삭막한 인상으로 바뀌었죠.

타이라 새 건물이 들어서면서 분위기도 점점 변했고.

요시모토 아예 다른 곳이 되어 버린 느낌이에요. 그리운 것만도 아니고, 아주 고독한……. 도쿄에 올라와 사는 지방 사람들 모두 그런 기분이지 않을까 싶기도 하네요.

자기를 모르면 즐길 수 없다

타이라 대학 시절 친구 중 도호쿠 지방에서 태어난 친구가 있어요. 그 친구가 도쿄에 취직을 해서 제가 귀국할 때마다 만나는데, 점차 자신감을 잃어 가는 것처럼 보이더라고요. 만날 때마다, 주위 사람들을 행복하게 하던 따뜻한 분위기와 천진스럽고 여유롭던 개성이 조금씩 깎여 나가는 느낌이 들어서……. 내 안의 어떤 기억이 친구를 그렇게 보이도록 하는지, 그렇게 보고 마는 나 자신을 늘 정화*하고 있어요.

그 친구를 좋아하고, 도쿄 역시 내가 태어나고 자란 곳이라 당연히 좋아합니다. 그래서 왜 그렇게 느껴지는지 생각하게 되었어요. 도시에서도 어떻게 하면 내가 원래부터 소중하게 여기던 것을 보듬고 지키면서 생활할 수 있을까 하고요.

요시모토 정말 그래요. 다만, 인간은 자기가 아닌 사람을 변화시킬 수 없다는 원칙이 있잖아요. 당사자가 변하려 하지 않고는, 어떻게 해도 변하지 않으니까요. 기본적으로 도쿄라는 도시의 분주한 분위기에 휩쓸려, 그 사람 자신이 변하는 거라고 생각해요.

나도 그런 적이 있거든요. 굉장히 친하게 지내는 나이가 좀 어린 여자 친구인데, 도쿄에 살고 싶어서 지방에서 올라와 변두리에서 혼자 생활하기 시작했어요. 옆집 아주머니가 비 오는 날, 빨래를 걷어서 비닐봉투

* 호오포노포노는 '가령, 눈앞에서 무슨 일이 벌어지든, 문제의 진짜 원인은 그걸 보고 체험하는 자신의 내면에서 재생되는 기억'이라는 이해에서 출발하죠. 이 경우에는 '내 친구가 도시 생활 속에서 자신감을 잃어가는 것처럼 보인다.' 하는 체험을 나 자신이 하고 있다는 입장에서 정화를 합니다(타이라).

에 담아 현관 앞에 놓아두기도 하고, 아이를 맡기기도 하고, 그렇게 이웃과 교류를 했어요. 그런 환경에 있을 때는 그녀도 아주 느긋했죠. 그런데, 그녀가 이렇게 지내서는 안 되겠다고 생각했나 봐요. 그러니까, 이렇게 지내면 시골에 있을 때나 다름없지 않나 하고.

타이라 바꾸고 싶어진 거군요.

요시모토 바꿀 수 있는 사람은 철저하게 바꾸지만, 그 친구는 어중간하게 바꿨어요. '어중간하다.'는 게 중요한 키워드겠죠. 즐기지 않는 식으로 바꿨다고 하면 좋을까.

지금 같으면 좀 더 간곡하게 설명하거나, 평소 접하는 태도로 도움을 줄 수 있지 않았을까 싶은데, 결국 그 친구는 밤의 클럽 쪽으로 흘러갔어요. 그리고 그 업계 사람들이 모여 있는 복작복작한 시부야 언저리에 살고 있어요. 가령 그녀가 시모키타자와 같은 동네에 산다면 그나마 괜찮다고 생각할 텐데, 시부야에 살면서 롯본기의 클럽 같은 데서 논다면…….

이런 말은 세상의 가치로 보면 아주 잔혹한 판단이 되겠지만 그래도 굳이 말하자면, '인간은 자기를 모르면 즐길 수 없다.'고 생각해요. 그 친구는 무척 귀엽게 생기기는 했지만, 클럽에 갈 타입의 외모는 아니었어요. 자기 외모를 사람들에게 보이고 싶은 사람이 아니면 '파티 피플*'의 생활은 할 수 없잖아요.

그 사람들은 뭐가 되었든 이유를 붙여서 파티를 하고, 파티가 평생 계속되면 좋겠다고 생각하기 때문에 다른 생각은 하지 않죠. '끝나는 날이 오면, 그때 가서 다른 생각을 하면 되지.' 하는 식으로 즐거워하는 것 같아서, 대단하다 싶어요.

'이런 생활을 선망하는 사람들이 아주 많다고? 그야 그렇겠지.' 하는 생각이에요.

타이라 저도 대학 들어가서는 클럽에 곧잘 다녔어요.

요시모토 원칙적으로, 클럽 입구에서 주민증을 내밀 때부터 어떻게 생겼든 어떻게 꾸몄든 외모와 마음이 '자 보라고!' 하는 식으로 밖을 향한 사람이 아니고서는, 그런 곳에 가 봐야 즐겁지 않아요.

---

* 파티를 좋아할 뿐 아니라, 다양한 기회를 만들어 모여서 왁자지껄하게 노는 젊은이들을 표현하는 말.

타이라 맞는 말이네요.

요시모토 아이린 씨는 아주 인기 많았을 것 같은데, 자성적인 사람이니까 '어째 좀 재미가 없네.' 하고 생각했을까요?

타이라 당시에 순수하게 즐기지 못한 것은, 그 때문이었군요!

요시모토 그 친구는, 그런 곳에 갔을 때 외향적이지 않은 내면 때문에 적응이 안 되고 싫어서 점점 위축되고 말았어요. 그 장소가 자기에게 적합하지 않다는 걸 느꼈을 때, 바로 물러나 다시 돌아갔으면 멋진 나날들이 기다리고 있었을 텐데.
그런데 지방에서 올라와 도시에 사는 사람들 중에는 '도시 생활을 즐기지 않으면 도시 사람답지 않다.'고 여기는 면이 있나 봐요. 그 친구에게 "클럽에 가면 재미있어?" 하고 물으면, "예쁜 여자도 많고, 춤도 좋아하니까, 재미있어요." 하고 늘 대답해요. 그럼, 막을 수 없겠다고 생각했죠. 그녀는 그렇게 모델 같은 여자가 되고 싶었구나, 하고요.

따라서 선망과 동경은 중요한 거지만, '가장 소중한, 소심하고 귀여운 자신을 제대로 봐주지 않으니 가엾다.' 하는 생각이 들었죠.

타이라 호오포노포노에서 그 같은 '동경'은, 정화할 게 많다고 배워요.* 동경이 '진정한 자기 모습'이라고 믿게 되면, 몹시 답답해지죠.

요시모토 클럽 같은 장소가 정말 맞는 사람은, 그냥 춤추며 즐기다 바로 돌아와요. 내가 아는 또 한 친구는, 수수하고 평범하게 생겼는데 옷은 늘 화려하게 입고, 음악과 클럽을 굉장히 좋아해서 혼자서도 가요. 게다가 꼭 춤을 추는 것은 아니고 플로어에서 막 뛰어요.(웃음) 그냥 몇 바퀴 뛰고는, 아무와도 얘기하지 않고 돌아온대요. 술도 마시지 않고 말이에요.
지금 오간 얘기 전체에 힌트가 있는 것 같네요.

타이라 우와, 대단하네요!

---

* 호오포노포노에서는 무언가를 동경하는 것은, 기억의 재생이 원인이라고 설명한다. 동경을 느끼는 것은 절대 나쁜 일이 아니지만, 그 근저에 있는 원인을 정화함으로써, 자기에게 가장 적합한 장소와 목적 속으로 들어가기 쉬워진다. '~가 진짜 잘 생겼네. 멋지다.' 하고 느꼈을 때, 마음속으로 '감사합니다. 사랑해요.' 하고 말해 보는 식이다.

요시모토 나이가 비슷한데, 왜 한쪽은 즐기다 돌아오고, 한쪽은 '어제도 괴롭힘을 당했다.' '나도 모르게 따돌림을 당했다.' 하며 풀이 죽어 돌아오나 싶어요.

타이라 그 친구, 지금은 어때요? 자기가 정말 좋아하는 것을 찾았나요?

요시모토 지금은 결혼해서 아주 행복하게 사는 것 같아요. 밤에 놀러 나가지도 않고. 그래서 더욱이 도쿄 생활이 힘들었다는 생각이 남아 있다면 슬프죠. 나는 그녀 옆에 있으면 행복했으니까.

언젠가는 그녀도 깨닫게 되겠죠. '그래, 그때 아저씨와 아주머니도 있고, 동네 아이들과 까까거렸던 그 변두리가 사실은 내게 맞았는지도 모르지.' 하고 말이에요. '그 동네에서 메밀국수 먹고, 가라오케에 가서 노래 부르는 정도로 충분했는데.' 하고요.

타이라 솔직히, 그 시절 제 얘기를 듣고 있는 것 같네요. 클럽에 드나들던 시절, 안에서 즐거웠던 일보다, 입구에서 사람들이 이상하게 밀쳐 냈던 일, 그 불쾌한 기분이 바로 떠올랐어요. 그 시점에 이미 무리를 했던 건데. 물론 즐거운 일도 있었지만.

요시모토 그래도 젊을 때는, 그런 곳에 가면 친구가 있을 거란 기대가 있잖아요. 나도 그랬고.

타이라 그건 그래요. 그 무리 안에 당시 사귀었던 남자친구도 있었고. 여름에는 정말 괴로웠어요. 원래는 여름을 무척 좋아했는데, 그 시기에는 여름이 좋다는 걸 느낄 새도 없이 알코올 냄새만 가득하게 2년이 지나갔어요.

요시모토 정말 맞지 않는 사람과 사귀었군요.

타이라 그렇게 무리했던 걸 몸이 아직도 기억하고 있을 정도예요. 돌이켜 보면 지금도 순간적으로 눈앞이 조금 잿빛이 되네요.(웃음)

요시모토 정화를 엄청 해야겠는데요.(웃음)

타이라 정말 그래요. 그렇게 슬픈 기억을 갖고 있기 때문에, 시간이 흐르고 사는 장소가 달라졌어도 온갖 장소에서 그 슬픈 순간을 보는 거겠죠.

요시모토 그렇겠죠.

타이라 최근에, 타이완에서도 이런 일이 있었어요. 그날 일이 있어 지방에 갔다가 돌아오는 길이었어요. 마지막 전철을 타려고 지하철로 내려가는 에스컬레이터를 탔는데, 눈앞에 막 커플이 된 듯한 젊은 남녀와, 바로 그 옆에 왠지 어색해 보이는 한 여자가 있었어요. 커플의 친구였겠죠.
순간적으로 그 여자가 나의 어떤 슬픈 기억으로 보이기 시작하면서, 에스컬레이터에 탔을 때부터 내릴 때까지 혼자 덩그러니 있는 기분을 느꼈어요. 당장이라도 그 여자의 손을 잡아 주고 싶을 정도로 '언젠가의 나'였어요. 언제나 그런, 좀 슬픈 기분에 젖어 있었다고 할까.
세월이 흐르고 장소가 바뀐 지금도, 그렇게 다시 마주치는 걸 보면 내 안에 아직도 그 기억이 있는 거니까, 정화를 계속하고 있어요.

'축'이 있나요?

타이라 조금 전에, '인간은 자기를 모르면 즐길 수 없다.'고 한 말을 되새기다가, 당시의 나는 나의 본심을 가두고 살았다는 걸 새삼스럽게 깨달았어요.
우리 어머니*는 나와는 정반대 타입이라서 열다섯 살 때부터 혼자 롯본기의 클럽에 다녔어요.

요시모토 멋지네요. 아름답기도 하시고요.

타이라 들어가면 오로지 춤만 추다가 돌아왔어요. 아까 클럽에 가서 뛴다는 사람과 똑같죠.

요시모토 그러네요.

타이라 어머니와 타입이 좀 다르지만, 어머니와 이혼해서 다른 곳에 사는 아버지에게서도, 그 옛날 디스

* 타이라 베티. 오키나와에서 태어나, 어머니가 재혼한 다섯 살 때 도쿄 롯본기로 이주했다. 어머니 사업에 금전적인 도움을 주기 위해 모델 일을 하면서 호스티스 업계로 진출했다. 그러나 벗어날 수 없는 경제적 불안에서 오는 절망 때문에 정신적으로 불안정한 상태가 되었고, 거기에서 헤어나려고 영적 세계를 추구하게 되었다. 그 후에 결혼, 출산, 이혼을 경험했다. 싱글맘으로 두 아이를 키우면서 영적 세계를 테마로 사업을 시작해, 개인이나 기업을 대상으로 면담, 워크숍 활동을 하고 있다(타이라).

코텍에 다니면서 즐거웠던 멋진 얘기를 들은 터라, 내 안에 동경이 조금씩 쌓였어요.

요시모토 밤의 세계를 향한 동경. 시대가 달랐으니까, 훨씬 즐거웠는지도 모르죠.

타이라 외할머니*도 니시아자부와 롯본기에서 밤의 세계를 개척했던 사람이라, 비교적 인연이 있었다고 할까. 그래서 저도 어느 정도는 안심하고 갔는데, 어머니나 외할머니와 저는 근본적으로 인간성이 달랐어요. 당시에는 '왜 나는 즐기지 못할까, 나는 뭐가 잘못된 걸까?' 했거든요.

요시모토 부모 자식 사이라도 인간은 서로 타입이 다른데, 그런 생각이 드는 건 어쩔 수 없나 봐요.

---

* 외할머니 타이라 다에코는 전쟁이 끝난 후 오키나와에서 여자들의 자립을 목적으로 미군 장교급을 대상으로 하는 나이트클럽을 처음 만들었고, 해외의 톱클래스가 묵을 수 있는 오키나와 국제 호텔을 설립했다. 또 전 류큐정부 행정수석인 오타 세사쿠 씨와 함께 현재의 나하에 있는 국제거리(다른 이름 - 기적의 1마일)를 만들었다. 그런 사업으로 축적한 자산으로 도쿄 롯본기에 유명한 '클럽 은마차'를 만들었다. 이시하라 유지로(가수, 배우. 소설가이며 도쿄 도지사였던 이시하라 신타로의 동생)를 비롯해, 저명한 인사들이 수많이 찾았다고 한다(타이라).

타이라 내 어두운 성격이 드러나는 건가, 좀 더 밝게 행동해야 하나, 하고 늘 자신에게 물었어요.
사회인이 된 후에도 그렇게 생각하는 버릇이 여전했죠. 마음이 편치 않은 나날 속에서 '호오포노포노'를 만났고, 나아가 원래의 나 자신을 되찾게 되었어요.
마음으로 느꼈던 편한 나다움이 생활에 적용될 때까지 시간이 걸렸지만……. 그래도 점차 머리도 몸도 자유로워졌거든요.
그래도 가끔 그 시절 친구를 만나면, 무리했던 때의 나로 돌아가거나, 화려함에 대한 동경이 얼굴을 내밀기도 해요. 그럴 때마다 정화를 계속해서, 옛날에는 즐길 수 없었던 그 사람들과의 대화도 즐길 수 있게 되었지만 그 자리에 억지로 머무는 일은 없어졌어요.
나 중심의 리듬이 생겼다고 할까.

요시모토 어른이 되었다고 할까, '자기'를 만난 거죠. 그럼 이제는 클럽에서도 즐길 수 있겠네요!

타이라 무언가를 선택할 때, 아무 필터 없는 상태에서 할 수 있게 된 게 정말 다행이죠. 그렇지 않으면 어떻게 견디겠어요.

지금 생각해 보면 '좋아하지 않는데 좋아한다.'고 생각하게 만드는 그 세계는 참 이상했어요. '모두가 이걸 좋아할 거야.' 하는 분위기 속에 있으면, 자유롭게 선택할 수 없죠. 그런 젊은이들이 많은 것 같아요.
지금도, 저보다 어린 사람들과 얘기하다 보면, 자기 주위에 화려한 클럽 등의 이벤트 요소가 없으면 초조해한다는 걸 느끼곤 해요. 실제로 클럽에 가지 않아도, SNS 등을 통해 볼 수 있는 시대가 되어서 더욱 초조해하는지도 모르겠군요.

요시모토 클럽 같은 화려한 장르가 아니더라도, 자연주의파는 자연주의파대로 '이런 옷은 입지 않는다.' '이런 브랜드가 좋다.' 하는 등, 각각의 세계에 어떤 규칙이 있는 듯해요. 그런 식으로 일본에서는 뭘 하는데 여러 가지 제약이 많은지도 모르겠어요.

타이라 자연주의파 속에 있으면 있는 대로, 원만하게 적응하지 못해서 갈등하거나, 무리에 섞이지 못하는 자신에게 상처를 입기도 하고.
아, 바나나 씨는 그런 '장르'가 없다고 할지, 자유롭게 여러 장소와 문화를 여행하는 인상이에요. 그리고 어디에 가든 흔들림이 없고, 또 다른 사람에게 무언가를 강요하지도 않죠.

요시모토 그렇게 보일 수도 있겠네요. 사람은 변하지 않으니, 강요해 봐야 소용이 없어요.

타이라 자기 컬러를 조금도 강요하지 않기 때문에, 그 자리에 함께 있는 사람도 무척 넓은 장소에 있는 것처럼 느긋해질 수 있어요.

요시모토 나 또한 '맞추라.'는 소리를 듣는 게 가장 괴롭거든요. 시간이 무엇보다 소중하니까, 허투루 보내고 싶지 않고.

타이라 바나나 씨의 거리 감각이 너무 절묘해서, 옆에서 늘 배우고 있어요. 좋아하니까 당연히 가깝게 지내고 서로 이해해야 한다고 생각했는데, 그렇게까지 하지 않아도 된다는 걸 깨달았어요.

요시모토 소설을 쓴다는 '축'이 있어서 그렇지 않을까요? 집에서 소설을 쓰는 생활이 축이다 보니, 물론 다른 일도 할 수 있지만, 그 축을 중심으로 보고 생각하곤 해요. 그런 축이 모든 사람들에게 있다면, 누구든 어떤 장소에서도 즐길 수 있을 거예요.

타이라 바나나 씨가 말하는 '축'이, 앞에서 말한 청사진(40쪽)과 같은 개념이 아닐까 싶네요. 청사진은 각각 치밀하게, 사람마다 다르게 디자인되어 있다고 해요. 호오포노포노에서는 정화를 통해 '진정한 자신'을 만날 수 있다고 하는데요. 그리고, 그 진정한 나를 사는 길에 '청사진'이 있다고요.
바나나 씨는 그 '청사진'을 따르고 있어서, 어느 나라에서 만나든, 또 어떤 상황에서든 바나나 씨의 페이스가 자연스럽게 나타나나 봐요. 그런데도 늘 신선해요.

어떤 삶의 양식을 선택할 것인가?

타이라 막 결혼해서, 결혼을 통해 새로 만난 사람들과 가치관이나 생활양식이 달라 고민할 때, 바나나 씨가, "'당신은 그렇군요, 그런데 나는 이래요.'라고 생각하는 게 좋다."며 현실적인 조언을 해주셨어요. '당신은 그렇군요.' 다음에 '하지만 나는 이러저러하다.'고 피차의 다름을 인정한다는 뜻이겠죠. 상대의 있는 그대로의 모습에 내가 이런저런 해석과 판단을 가하고 있다면, 호오포노포노에서는 아무튼 정화해 볼 것을 반복적으로 권하고 있어요.
'자신이 자유롭기 위해, 상대가 그냥 상대라는 것, 그걸 그저 인정한다. 나무는 나무로서 그 생명을 살고, 나는 나를 산다.'
그렇게 하지 못한 여파가 이런 현실적인 문제로 나타났다는 걸, 바나나 씨 덕분에 떠올리게 되었어요.

요시모토 '카르마*' '원인과 결과' 등 여러 가지로 표현할 수 있지만, 역시 그런 게 있어요.

타이라 나도 모르게 스스로에게 강요한 상식과 생각의 버릇이 얼마나 일상에서 자유를 빼앗는지, 나와 타자의 관계성을 의식적으로 보다 보면 정말 아연해져요.

---

* 좋은 행실이든 나쁜 행실이든 언젠가는 자기에게 돌아온다는 인과응보, 자업자득의 법칙. 불교에서는 '업'이라고 한다.

요시모토 일단은 타인에게 맞추는 게 대체로 편하니까요.

타이라 하지만 그렇게 계속하다 보면, 반드시 자유롭지 못한 상황이 눈앞에 나타나죠.

요시모토 맞아요. '자신의 어떤 부분에 거짓말을 했는지'에 따라 나타나는 형태는 다른 듯하지만, 결국 '어떤 삶의 양식을 선택할 것인가?'의 문제라고 생각해요. 예를 들어서, 아이린 씨를 처음 만났을 때, 호오포노포노 세미나 룸에서 가장 반짝반짝 빛나서, '타이라 아이린 씨, 매력적.'이라고 메모했어요.(웃음)

타이라 감사하네요…….

요시모토 그런데 아이린 씨 주위를 '틀' 같은 게 빙 두르고 있었어요. 외국에서 오래 살다 온 젊은이들에게 흔히 있는 분위기에 요식 관련 일을 아주 잘할 듯한* 틀이었죠. 다만 화장이든 뭐든 전부 그 틀 안에 들어

* 호오포노포노를 처음 시작했을 당시, 요식업계에서 홍보 일을 하고 있었어요(타이라).

있어서, 느긋한 인상은 아니었어요. 그래서 지금이 더 느긋해 보여요.

지금 처음 알게 되었다면, 아이린 씨 자체를 느꼈겠죠. 지금은 혼을 따르고 있는 인상이니까. 인상이 주는 메시지는 굉장히 강렬해서, 나는 이런 생활을 하고 있다는 식의 차림새 등등 전부로 표현돼요. 그러니 그런 유의 사람들만 가까이 오고, 또 그런 업계에 인연이 닿기 쉽죠. 그게 자기와 맞는 거라면 자연스럽고 멋지겠지만, 그렇지 않은 경우에는 점점 힘들어져요. 인간 사회는 그렇게 정해져 가는 경향이 있으니까요.

타이라 저는 정말 극단적이어서……. 그 당시에는 지겨울 정도로 화장을 하고, 하이힐과 옷으로 저를 치장했죠. 여러 가지로 즐기기도 했지만 동시에 소모도 심했기 때문에, 편하게 살아도 되지 않을까 하고 180도 전환했더니, 힘이 확 빠진 지금의 내가 되었어요.(웃음)

게다가 타이베이에서 생활하면 더 그렇게 돼요.

요시모토 충분히 이해가 가요. 저도 타이베이에 있으면, 대충대충 편하게 마음먹게 되거든요. 날씨가 따뜻하니까 비치 샌들이면 됐지 뭐, 하는 식으로요.

타이라 틀에 갇혀 피곤했던 옛날의 나로 돌아가고 싶지 않은 마음이 강해서, 사람 눈을 의식하지 않는 옷을 입어야지 하면, 결국 또 힘이 들어가기도 하고 그래요. 그런 때는, 내가 그런 틀에 갇혀 있는 거니까, 또 정화를 하고요.

요시모토 그런 미세한 조정이 중요하지 않겠어요?

타이라 '나는 이렇다.' 하고 규정하는 건, 또 딱딱해졌을 때겠죠. 그 텐션은 하이힐을 신던 시절의 나와 다르지 않을테고요.

요시모토 하지만 자기답게 즐기고 있다면, 어느 쪽이든 상관없지 않을까요? 그 사람이 그 사람답게 즐기고 있을 때는, 위험 신호가 발생하지 않는 듯해요. 순진하게 선망하는 기분으로 연예인을 흉내 내거나 '이거 해 보고 싶으니까 해야지.' 하고 순수한 마음으로 할 때는, 함께하기 쉬운 좋은 에너지가 작동한다고 생각해요. 그런데 '내가 동경하고 좋아하는 그 사람은,

이러지 않으니까.' 하고 자기를 얽매기 시작하면 뭔가가 달라져서, 위축되는 것 같아요.

다른 걸 하지 않는다

타이라 호오포노포노를 실천하다 보면, 자신을 더 빛내기 위해서 '이렇게 하고 싶다, 이렇게 보이고 싶다.' 하고 정한 룰 같은 것에서 점점 멀어지죠. 그러니 정화를 하면, 소위 '매력적'인 상태에서 벗어나는 사람도 있을지 모르겠군요.(웃음) 이목을 의식하지 않고 자기가 좋아하는 색의 옷을 입기도 하니까요.

요시모토 좋아하는 색이 전혀 눈에 띄지 않을 수도 있고 말이죠. 그렇다면 정화는 컬러 컨설팅*과는 정반대되는 개념일 수도 있겠네요. 어쩌면 지나치게 수수해질 수도 있고, '어째 예전 옷차림이 더 매력적인 거 아냐?' 하는 말을 들을 가능성마저 있지만.

---

* 피부색, 눈동자, 머리색에 어울리는 색을 전문가가 진단해 주는 것. 진단받은 색의 옷을 입거나 화장을 해서 보다 아름답게 보일 수 있다.

그래도 그쪽이 진정한 자신이라면, 오히려 마음은 편하겠죠. 밖에서 자신의 내면을 보기가 쉬워지니까, 새로운 사람을 만날 수도 있고요.

타이라 괴리가 없어서 사람과 관계하기도 편해져요. 그러다 또 어떤 타이밍에 불쑥 새로운 동경이 생겨나, 지금의 자신에게 위화감을 느끼기도 하고…….

요시모토 그러면, 또 놀이 삼아 갈색 머리에 화려한 패션을 시도해 볼 수도 있으니까, 인생이란 정말 자유로운 거죠.

타이라 그렇다면 딱 단정하지 않고, 정화하는 한편 그때그때 우니히피리의 목소리를 듣고 표현하는 게 요령일까요?

요시모토 한 가지 컬러에 자신을 가둘 필요는 없지 않겠어요? 정화를 한다고 화사해지거나 부자가 되거나, 그런 것만은 아니니까요. 그런 식으로 파악한다면 모두 괴로워질 테고, 좋은 카르마도 낳을 수 없죠.

<u>타이라</u> KR 씨는 뭐가 어찌되었든 '카르마는 철저하게 줄이라.'고 해요. 스스로에게 불필요한 굴레를 만들지 말고, 자기 내면을 깨끗하게 청소하라고요.

<u>요시모토</u> 나 역시 그게 가장 지름길이라고 생각해요.

<u>타이라</u> KR 씨는 정말 자유롭고, 원래도 아름다운 분이라 더욱이 화사해 보이는데, 그만큼 '날마다 카르마를 얼마나 줄일 수 있나?' 하는 것에 유념하시는 거겠죠.

<u>요시모토</u> 네 맞아요. 결국 그게 전부가 아닐까요? '다른 것'을 하지 않는 것*.

<u>타이라</u> KR 씨의 방법은 조금도 힘들어 보이지 않아요.

<u>요시모토</u> 무리를 하지 않으면 괜한 카르마도 생기지 않죠.

<u>타이라</u> '무리하고 있지 않은가, 다른 것을 하고 있지

---

* 에세이 『'다른 것을' 하지 않는다』(요시모토 바나나 지음)

않은가.' 아주 쉬운 기준이네요.
그 외에 '카르마를 만들지 않는' 어떤 방법이 있을까요?

요시모토 필요하지 않을 때 불필요한 일을 하지 않는 것이요. 예를 들어서 배가 고프지 않은데 뭘 먹는다든지 하는 일을 절대 하지 않는 거죠. 영감을 중요시하면 불필요한 일을 하지 않게 되니, 자연히 카르마도 생기지 않을 거예요.
이 역시 인생의 한 법칙이라 해도 과언이 아니겠군요.

'기억'이란 '생각의 버릇'

타이라 저는 돈에 대한 콤플렉스가 있다는 걸 자각하고 있어요. 어렸을 때, 어른들이 거의 매일 돈 때문에 집 안에서 싸우는 모습을 봤어요. 중학생이 될 때까지 돈이 가져다주는 것들의 엄청남과, 돈이 없으면 사람들이 대놓고 싸운다는 것을 지겹도록 경험했죠.
도쿄의 아카사카에서 자랐는데, 주변에 지주와 회사 경영자, 대사관 집, 유복한 가정이 많았어요. 그 한 귀

퉁이에 있는 담배 가게 2층에서 살았던 나는, 어렸을 때부터 주위 사람들과 생활의 격차가 확연하다는 것을 느끼고, 언제부터인가 그게 창피했어요.
성장하면서 그 창피함의 이유를 이해하고는 집에서 나갈 때 소리 없이 몰래 나갔다가 돌아온 적도 있었죠. 그리고 무엇보다, 사는 모습을 창피해하는 마음이 내 안에 있다는 괴로움이 나 스스로에게 상처가 되었어요.
지금 그 당시 상처의 딱지를 조금씩 정화해서 벗겨 나가고 있는 중입니다. 많이 벗겼다고 여기는데도, 어쩌다 무슨 일이 생기면 겉으로 드러나곤 해요.

요시모토 그렇죠. 밖에서 보기에는 완전히 다 정화가 된 것 같지만…….

타이라 중학교를 졸업할 즈음에 가족 모두가 금전적인 면에서 그럭저럭 안정을 찾았고, 경제적으로 안정된 가정에서 자란 사람과 결혼도 했는데, 지금도 간혹 그 당시의 황량했던 기분이 재발하거든요.

요시모토 아이린 씨가 무척 고급스런 가방을 들고 있

어서 내가 좋다고 하면, 아이린 씨는 언제나 "이러이러해서 샀어요." 하고 슬픈 표정으로 설명하잖아요. 그런 때, '여러 사람을 만나면서 고생도 했겠구나.' 하고 늘 생각해요. 하나의 세계에서 살아온 사람이 아니라고요. 만약 비싼 가방이 일반화된 세계에 살았다면, 그런 말은 하지 않을 테니까.

타이라 저절로 그렇게 드러나는군요.(웃음)
시어른이나 남편 주위에 있는 유복한 사람들의 돈에 대한 가치관을 접할 때면, 제 안에 있는 어둡고 무거운 무언가가 나를 확 잡아당기면서, 반발하려는 마음이 생겨요. 아직도 그런 것이 내 안에 있다는 생각에 정화를 합니다. 그런 반발이야말로 지금의 생활을 여실히 반영하고 있는 것이라서, 자각할 때마다 정화하고 있어요.

요시모토 아이린 씨 부부는 「달마와 그렉*」 같잖아요. 아이린 씨는 경험도 풍부하고, 많은 것을 봐왔기 때문에, 한 가지 틀로 말할 수 없죠.

---

* 1997~2002년, 미국에서 방영된 코미디 드라마. 상류계급의 엘리트 변호사 그렉과 요가 강사인 달마 부부의 유머 넘치는 결혼 생활을 그린 작품.

타이라 서로 다른 여러 시기가 있었어요. 그래서 어떤 상태가 나다운 틀인지 모르는 채, 이내 나 자신을 잊어버려요. 그래서, 남편처럼 안정된 사람과 공동생활을 하면서 직면하게 되는 것이겠죠.

요시모토 부자들의 생활에는……, 이건 삐딱하게 보는 게 아니라, 요컨대 단일한 가치관이랄까, '들어왔으니, 이걸 지켜야 한다.' 하는 룰이 하나에서 열까지 엄격하게 있잖아요. 그런 세계에 완전히 물들지 않는다는 점은, 아이린 씨가 세상을 향해 일해 나가는 데 강점이라고 생각해요.
그러니까 그 '괴로움'은 해소하려 애쓰지 않는 편이 좋지 않을까 해요. 아무런 거부감 없이 쏙 들어갈 수 있는 사람이었다면, 지금쯤 일선에서 물러나 부인으로 살고 있을 테니까 스스로에게 아주 좋은 요소라고 생각해요. 저항이 있다는 것은 만사에 의문을 품고 있다는 뜻이니까.
의문 없이 사는 사람들이 아이린 씨를 보면, 자신이 보지 않으려 애쓰는 것들을 보게 되겠죠.

타이라 호오포노포노의 메시지가 떠오르네요.

"실제로 생긴 체험의 진정한 원인인 '기억'은 우주가 시작된 이래의 모든 사건을 기록하고 있다."

과장이라고 치부하지 않고 자신의 기분에 충실하게, 조금이라도 위화감이 느껴지면 그럴 때마다 정화를 계속했어요. 그 덕분인지, 대항하고 부딪치는 일보다, 서로가 점차 새로운 일에 적응해 가는 자연스러운 변화가 생겼다고 봐요.

처음에는 가족과 나라를 끔찍하게 여기는 시아버지의 강한 존재감이 너무 답답하고 부자유스럽게 느껴졌어요. 그런데 지금은, 자식을 처음 키워 보는 제 상황을 지켜 주신다고 생각해 감사하고 있습니다. 새 가족에게 느꼈던 위화감을 통해서, 저의 내면에 끈질기게 들러붙어 있던 응어리와 상처를 정화할 수 있었던 것, 그 자체가 더없는 보물이에요.

휴렌 박사*나 KR 씨는 이렇게 말하잖아요.

"기억에는 좋은 것도 나쁜 것도 없다. 모든 체험이 기억이니, 그저 정화를 할 뿐이다. 정화를 하면 당신의 보물을 만날 수 있다."

---

* 이하레아카라 휴렌. 발전적인 정신의학 연구가이자 트레이너. 촉법 정신 장애자 및 발달 장애자와 그 가족들과의 작업으로도 알려져 있다. 국제연합, 유네스코를 비롯해, 세계평화협의회 등 다양한 학회와 함께 몇 년에 걸쳐 호오포노포노를 강연하고, 보급 활동을 펴고 있다. SITH 호오포노포노 마스터 트레이너.

요시모토 두 분은 지속적으로 그렇게 말씀하시죠. '좋은 일도 정화하라.'고요.

타이라 바나나 씨가 전에, 호오포노포노에서 말하는 '기억'을 '생각의 버릇'이라고 알기 쉽게 바꿔 말한 적이 있는데요. 유복한 사람들을 접할 때 불쑥 나타나는 저의 '생각의 버릇'을 매일 정화함으로써 지속적으로 지워 가는 것, 그 반복이 나의 자유와 직결된다는 것을 실감해요.

요시모토 생각의 버릇은 아주 나중에 생겨나는 거잖아요. 하지만 정화를 통해 꾸준히 제거해 나가면 오히려 자유로워질 수 있죠.

타이라 그렇죠. 자신의 콤플렉스는 뭐가 되었든 고쳐야 한다는 게 아니라, '아, 내게 이런 콤플렉스가 있구나.' 하고 깨닫는 것이 중요하죠. 그러면 정화하면서 같이 살아갈 수 있으니까요.
그 흐름 속에서, 자신에게 지금 불필요한 것이 제거되고 있다는 걸 실감할 수 있고요.

타이라 제가 '물질적인 풍요'에 무의식적으로 저항하고 있는 것처럼, 바나나 씨도 스스로는 의식하지 않는데 저절로 그렇게 되는 뭔가가 있을까요? 방어본능이 아니라, 거의 반사적으로 저항하고 반응하게 되는.

요시모토 저는 굉장히 네거티브하게 생각하는 사람이에요. 또 굉장히 예민하기도 하고.(웃음) 우리 아이가 "엄마는 왜 그렇게 부정적이야?" 하고 말할 정도죠.
하지만 그래서 오히려 나를 지킬 수 있지 않았나 싶어요. 물론 정화는 하고 있지만 '이렇게까지 하지 않아도 되지 않을까?' 하는 일은 종종 있어요.
방어본능까지는 아니고, 그 정도로 견고한 건 아니에요. 하지만, 아무튼 리스크에 대해서 신중하게 생각하길 잘했다고 여길 때가 있어요. ……이거야말로, 어떤 의미에서는 긍정적이라고 생각합니다.
지금 구체적인 예가 잘 떠오르지 않는데, 모두가 '저 사람은 좋은 사람'이라고 말해도, 나는 그렇게 생각지 않는다든지. 그러다 보면 반드시 그 사람에 관계된 문제가 생겨서, '역시 부정적으로 보길 잘했다.'고 생각하죠.

'그렇게까지 나쁘게 예상할 필요는 없지 않겠느냐.'는 소리를 들으면 그 자리에서는, '그럴지도 모르지. 아닌 게 아니라 그 정도는 아닐지도 몰라.' 하고 생각하지만, 최종적으로는 반드시 내가 예상했던 대로 돼서, '내가 나쁜 쪽으로 몰고 가는 건가?' 하고 생각한 일조차 있어요. 내가 기억을 바탕으로, 나쁜 의미의 청사진을 출현시켰나 하는 생각이 들 때도 있지만, 그런 건 아니죠.

내게 보인 것은, 돌멩이가 돌멩이고 풀이 풀인 것처럼 그저 사실일 뿐. 그걸 솔직하게 묘사하자면, 그저 단순히 밝고 희망적이기만 한 관측은 불가능해요.

그렇게까지 자신감이 붙고 나니, 뒤집어 말해서 부정적, 긍정적이라는 것은 현상이 아니라 무드라고 생각되더군요.

타이라 무드? 기분이나 분위기라는 말씀이죠?

요시모토 그러니까 부정적인 사건도 없고, 긍정적인 사건도 없다는 거죠. 그저 세계가 거기에 있을 뿐.

예를 들어서 '복권에 당첨되었는데, 또 누가 차를 선물

해 주었다.' 하는 일이 있다면, 그건 딱히 긍정적인 건 아니죠. 그저 그런 일이 있었을 뿐이지.
그리고 그 일에 대해서 들뜨거나 난처해하는 자기의 무드가 있을 뿐이죠. 아무리 날씨가 좋고 기분이 좋은 날에도, 이가 아프면 부정적이 되잖아요. 그 정도로 단순한 일이에요.
'왠지 답답하다.'고 느끼면, 그 기분을 탁탁 떨어 버리면 끝나는 일이고, 흥분해서 너무 떠들었나 싶으면 기분을 가라앉히면 되죠.
그런 작업을 매 순간 반복하면, 그게 바로 정화라고 생각해요.

타이라 KR 씨도 '무드는 기억'이라고 얘기한 적이 있어요. "좋은 일이든 나쁜 일이든 자신의 무언가가 탐지하면 정화한다. 제로 상태로 돌아간다."고요.
언젠가 KR 씨와 함께 어느 나라 출판사 분의 초대를 받은 적이 있는데, 저녁식사 자리가 호화로워서 제가 좀 긴장했거든요. 그때도 KR 씨가 '무드는 기억'이라고 하셨어요.
그래서 바로 정화를 했더니, 마음이 바로 가라앉으면서 거기 있는 한 사람 한 사람의 얼굴과 목소리, 개성이 똑바로 보이더군요. 무드는 즐기되 절대 빠져서는 안 된다는 걸 느낀 사건이었어요.
그런데 바나나 씨가 부정적이거나 긍정적인 부분을 굳이 바꾸려 하지 않는 것은, 동시에 '우니히피리를 돌보는 것*'이 되지 않을까요?

요시모토 바꿔 말하면 그렇죠. 그리고 '자기를 믿을 것.' 아무튼 자기를 믿는 것이 전부라고 생각해요. 호오포노포노적으로 말하면, "우니히피리와의 관계가 원만하면, 자신감은 흔들림 없이 거기에 있다."는 말이 되겠죠.
자기에 대한 믿음만 확고하면, 어떤 일이 생겨도 — 가령 현실적으로 엄청난 것을 보거나, 심하게 충격적인 사건을 당하거나, 아주 극단적으로 말해서 강간을 당하거나, 가족이 이상한 형태로 죽는다는 등 — '받아들이기 어려운' 임팩트에 관해서, 우니히피리와 관계가 양호하고 거기에서 오는 자신감이 있다면 치유될 거라고 생각해요. 물론 누구나 시간은 걸리겠지만요.

---

* '내면아이'에게 말을 걸거나, 얘기를 들어 주는 것. 몸을 아끼고, 정화하는 것 자체도 우니히피리를 돌보는 것이 될 수 있다.

타이라 지금 문제에 직면해 있는 분들에게 용기를 주는 말이네요.

2

나다운 일과 삶

즐거움을 센서로 삼는다

타이라 오랜만에 학창 시절 친구를 만났는데, 제게 "너 옛날에 「세계 신기 발견!」[*]이란 프로그램의 미스터리 헌터가 되고 싶어 했지?"라고 하더라고요.

요시모토 와, 멋지네요. 어울릴 것 같아요!

타이라 내가 옛날에 그런 말을 했나 싶어서, 솔직히 부끄러웠어요. 당시에 연예 기획사에 소속되어 있었

* TV 퀴즈 프로그램. 미스터리 헌터는 사막이나 열대 정글, 북극과 남극까지 가서 퀴즈를 출제하는 리포터다.

거든요. '연예인이 되고 싶다.'는 꿈이 있었다기보다, 어머니 주변에 있는 소위 업계 사람인 친구가 호리호리하고 키다리인 제게, "아이린, 모델이 되면 좋겠다!" 고 했어요. 그 말을 듣고 나의 진심이 어떤지는 생각지 않은 채, 화려하고 세련된 어른들이 '그래, 한번 해봐.' 하는 분위기에 휩쓸려, 설레는 기분으로 기획사에 들어갔어요.

그런데 몇 가지 광고에 나오자, 그걸 본 새로 만난 친구들이 '아아, 아이린은 그런 사람이구나.' 하면서 저를 보는 거예요. 그런 흐름 속에서, 쉽게 자기 자신을 잊어버리는 세계에 있었어요. 결론부터 말하면, 제 적성에는 맞지 않았습니다.

요시모토 음, 전혀 안 맞지는 않을 것 같은데요……. 하지만, 먹는 걸 좋아하니까, 모델은 힘들지도 모르겠네요.(웃음)

타이라 그렇죠.(웃음) 바나나 씨 주변에는 진짜 프로들이 모여 있을 듯한데, 그 세계에 맞는 사람과 그렇지 못한 사람, 또 그 세계에서 재능을 발휘할 수 있는 사람과 그렇지 못한 사람 사이에는 존재감에 큰 차이가 있을 것 같아요.
그 존재감이 있으면 아무리 먼 길을 돌아가더라도 프로가 될 수 있거나, 프로가 되는 길이 열리겠죠. 아무리 아름다운 사람도, 그 존재감이 없으면 연예계 같은 환경은 정말 녹록치 않다고 생각해요.
잠시 그 세계에 있으면서, 뼈에 사무치게 깨달았어요. 그걸 알아가는 과정이 그야말로 '다르다.' '힘들다.'의 연속이었어요. 그러다 끝내는 '싫다.'는 심정이 강해지는 이상으로, 사람들이 그 세계에 몸담고 있는 나를 고정된 시선으로 보는 게 심해져서, 도무지 옴짝달싹 할 수 없었어요.
'나는 어떻게 느끼고 있나?' '나는 뭘 하고 싶나?' 하는 우니히피리와의 대화가 빠진 채, '사람들은 나를 어떻게 봐 줄까?' 하는 걸 증명하는 데만 시간을 소비했어요. 그러다 억지로 찾은 목표가 '미스터리 헌터'였다고 생각해요. 멋진 일인데, 내가 억지로 찾았다고 하기가 외람되지만.

요시모토 연예계 중에서도 그나마 견뎌 낼 수 있는 장르 같은 느낌인데요.

타이라 며칠 전에 이런 일이 있었어요. 친구가 디자인한 어린이 옷 촬영에 모델이 필요하다면서, "좋은 아이 모델 없어?" 하기에, 딸이 공원에서 같이 노는 여자아이가 떠올라 엄마에게 제안해 봤어요. 그리고 허락을 받아 촬영했는데, 그 아이는 공원에서는 수줍음도 타고 얌전한데, 카메라 앞에서는 마치 다른 인격으로 돌변한 것처럼 빛나지 뭐예요.

요시모토 그 아이는 맞았던 거군요.

타이라 얼마나 즐거워하고 발랄하던지. 그 모습을 보면서, 역시 청사진은 있다는 생각을 했어요. 단순히 '적성에 맞다, 안 맞다.'의 얘기 같지만, 사람은 자기에게 맞는 장소에서 맞는 일을 하면서 스트레스가 없는 상태일 때, 아무런 거부감도 억지도 없는 마법의 시간을 만끽할 수 있나 봐요. 주위 사람들도 행복하고.

요시모토 맞아요. 카르마가 생성되지 않으니까요.

타이라 정말 그래요. 촬영을 끝내고 뿌듯했어요. 그 자리에서 누구는 이기고 누구는 지고 그런 것 없이,

각자가 자기 장소에서 자기답게 해야 할 일을 담담하게 했을 뿐이니까요. 그런 원활함만큼 아름다운 것도 없다 싶어, 감동했어요.
그러니까 진정한 의미에서 호오포노포노의 가르침을 실천하며 사는 것이 최대한 그 사람다울 수 있는 상태겠죠. 하루하루의 아주 미미한 장면이라도 좋으니까, 그걸 실현해 가고 싶어요. 당시의 저는 '어떻게든 일하는 보람을 찾아야 하는데, 그렇다면 이 세계일까?' 하고 자신의 내면과 대화하지 않은 채 절충안을 찾았던 것이죠.

요시모토 아무래도 쉽지 않은 세계니까요. 아이린 씨가 그 나이에 그곳에 몸담지 않고, 어른이 된 후에 속하게 되었다면, 고생이 훨씬 더 심하지 않았을까요? 그쯤에서 승화시켜 다행인지도 모르죠.
그래도 모델 경험이 있는 덕분에 호오포노포노 관련 화보집을 만들 때, 아주 멋진 사진이 나왔으니까 경험하길 잘했다고 생각해요. 당시에는 힘들고 괴로웠어도, 매 순간을 즐기면서 살면 반드시 앞날과 연결되니까 역시 헛고생은 아니지 않았나 싶네요.

타이라 어떤 상황에서든 즐기는 여유를 갖는다는 게 정말 중요하네요.

요시모토 뜻에 맞지 않는 직장이나 가정에 있어도, '즐거움'을 센서로 삼으면 흐름 속에서 어떻게든 되어 가요. 자신이 있는 장소가 언뜻 나쁘게 보여도 말이죠. 우선 자기가 평화롭고, '작지만 즐거운 일'을 매 순간 선택하면, 반드시 세상사는 제자리를 찾고, 없어질 것은 없어지죠.

'틀'이 최대의 적

타이라 언젠가 바나나 씨와 한 젊은 여성이 얘기하는 자리에 함께한 적이 있어요. 그녀가 바나나 씨에게 "지금 일하는 직장에서의 나는 진정한 내가 아니다. 나는 돈을 모으면 그 직장을 그만두고 보석 디자인을 할 것."이라고 말했어요.
저는 바나나 씨가 그 말에 동의하면서 힘을 실어 주는 방향으로 흘러갈 줄 알았는데, "지금 ○○씨가 하고 싶은 일을 하지 못하는 건, 하지 않기 때문이고 뭔가 부족한 게 있기 때문."이라고 하더라고요.

요시모토 얼굴 표정을 보면 알 수 있잖아요. 그리고 정말 보석 디자인을 하고 싶은 사람은 이미 하고 있는 걸요. 가령 마음에 맞지 않는 직장을 다니더라도, 집에 돌아와 하고 싶은 보석 디자인을 그리고 있겠죠.
저도 그래요. 2주일 정도 휴가를 보내고 나면, '좀 쓰고 싶네.' 하는 생각이 들고, 그러면 나도 모르게 벌써 쓰고 있으니까요. 바꿔 말해서, 다들 입으로는 '이러고 싶다, 저러고 싶다.' 말하지만, '과연 하고 있나?' 하고 늘 생각하는 거죠.
하지 않고는 견딜 수 없어서 이미 몰입해 있는 상태가 '하는' 것이지, 그다지 몰입하지도 않았으면서 '정말 하고 싶은 일이 있다.'고 하는 말은 있을 수 없지 않을까 싶어요.

타이라 바나나 씨는 이어서 또 이런 말도 했어요.
"사실 나는 이렇다. 그러니까 '이건 내가 하고 싶은 일이 아니지만, 어쩔 수 없이 지금 이 장소에 있는 것'이라는 상태에서 살면, 인생의 모든 장면에서 겉으로 드러난다. 그걸 주위에 보이고 있다는 것이 ○○씨의 인생을 아주 부자유스럽게 하고 있다."고요.
그 말을 듣고, 저도 충격을 받았어요. 정말 옳은 말이잖아요. 실패가 두려워서 아무것도 하지 않는 상황도 그렇죠.

요시모토 실패는 해도 상관없는 거잖아요. 젊든 젊지 않든. '아, 해 보니까 내게 맞지 않네.' 하는 상황은 후련하잖아요. 그런 실패가 쌓여 가는 것도 인생의 참맛이랄 수 있으니까.

타이라 그때도 바나나 씨가 이렇게 말했어요.
"열심히 하다가 실패를 하게 되면 하는 거다. 그런데 아무것도 하지 않은 채 '사실은 이랬어야 하는데…….' 하는 생각을 품고 회사에서 죽은 듯이 일하는 것보다, '나는 앞으로 이런 일을 하고 싶은데, 지금은 돈을 모으기 위해서 일하고 있다. 하지만 여기에서도 나는 나를 표현할 테니, 괜찮으면 여러분도 즐겁게 봐 주세요.' 하는 정도의 열린 마음을 갖고, 빈 시간은 철저하게 자기를 위해 사용하는 것도 자기를 표현하는 방법의 하나."라고요.

요시모토 회사*에 있는 시간이 아깝고, 회사나 같이 일하는 팀에게 실례가 되잖아요.

타이라 지금 놓인 상황에 불만이 있을 때도, 정화하는 자세를 환기하면 자기의 감정이나 삶의 형태를 다시금 조절할 수 있겠죠.

요시모토 그럴 때마다 우주를 향해서 자기를 정확하게 표현하면, 그런 쪽으로 가지 않게 돼요. 반대로 정확하게 똑바로 표현하지 않으면, 언제나 위화감이 있는 장소에 가게 되죠. 그건 법칙이에요.
어쩔 수 없이 '틀'이라고 표현하게 되는데, 그 사람이 꿈을 이루고 싶거나 어떻게 되고 싶다고 바랄 때, 무의식적으로 단정하는 그 사람의 경제상황과 용모 등의 틀이 최대의 적이죠.
자기계발의 세계에서도 이런 말을 흔히 하는데, 가령 '내일 파리에 갈 수 있다면…….' 하고 바라는 사람 중에, 실제로 비행기 표를 사는 경우는 많지 않아요. '내

* 호오포노포노에서는 회사, 책상, 엘리베이터, 컴퓨터 등에도 의식이 있으며, 우니히피리가 있고, 소리가 나지 않는 우리의 마음속 목소리도 우니히피리끼리는 다 들을 수 있다고 한다.

일은 일을 해야 하니까.' '다음 주에 제사가 있으니까.' 등의 다양한 이유를 들어 표를 사지 않죠. 돈이 한 푼도 없으면 빌려서라도 싼 표를 구해서 갈 수 있어요. 불가능하지 않은데, 결국은 가지 않죠. 그러니 이루어질 수 없는 거예요. 그건 스스로 틀을 정하기 때문이죠.

'나는 뜬금없이 비행기를 타지 않는다.' '계획도 세우지 않고 외국에 갈 수 없다.' '어머니도 그러지 않았다, 할머니도 그러지 않았다.' 등등, 각자 틀이 있고, 그 틀과 비슷한 틀을 가진 사람이 주위에 있기 때문에 그 틀은 깨지지 않아요.

하지만, 사실은 간단히 깰 수 있어요. 가령 머리를 노랗게 물들인다면? 아니면 싹 밀어 버린다면? 그러면 주위의 보는 눈도 달라지고 자기도 달라지죠. 그 정도로 간단한 일이에요.

그 축적이, 꿈을 이루는 길로 이어집니다. 시도하고 도전할 때마다 뭔가가 움직여서 '자기 자신'에게 한 걸음 한 걸음 다가가는 거잖아요?

타이라 그런 것이야말로 자기 자신에게 다가가기 위한 과정이죠.

현실 속에 답이 있다

요시모토 이건 비판이 아니라 순수한 의문인데, 이런 일도 있었어요. 대학에서 회화를 전공하는 한 젊은이가 있었는데, 당연히 자기의 그림 스타일을 완성하고 싶었겠죠. '그림을 그리고 싶다. 그런데 우선은 어디에서 학교를 다녀야 하지?' 하고 고민했어요. 그러다 집안에 문제가 생겨서, 그걸 해결하려고 집에 오래 돌아가 있다 보니 휴학을 하게 되었고, 결국 그림은 그리지 않았어요.

나 같으면, 무슨 일이 있어도 아마 어디에도 가지 않고, 자기 집에도 가지 않는 건 때로 좀 심하다고 생각하지만, 아무튼 '이걸 완성하자.' 하는 각오로 오직 소설을 쓸 거예요. '한 편이 완성되고 나면 살 곳을 찾자.' 그렇게 구체적인 다짐을 하고 바로 작업에 들어갑니다.

그러니까 '어쩌면 그는 그림을 그리고 싶지 않은 게 아니었을까?' 하는 생각이 드는 거죠. 만약 '평생 그림을 그리며 살고 싶다.'는 생각이라면, 그렇게 앞에 놓인 걸림돌을 핑계 삼으며 살아서는 모순이 생기니까, 일찌감치 그만두는 게 좋지 않을까요? 인생을 후회 없이 살고 싶다면 그러는 게 좋다고 생각해요.
그런 과정 자체를 좋아하는 거라면 과정을 즐길 수 있는 직업을 택하는 게 좋겠죠.

타이라 과정?

요시모토 예를 들어서 개인으로 작품을 만드는 게 아니라 다른 사람과 함께 공동으로 완성한다든지요. 신은 무언가를 창조하는 사람에게 그쪽을 향해서 나아가라고 제시하는데, 정말 자신의 틀은 벗어날 수 없는 건가 봐요.
아마 그는 그림을 많이 접하는 환경에서 자랐기 때문에 동경을 품었지만, 자신의 삶과 다른 방향을 지향했던 게 아닐까요? 자신의 속마음을 속이고 잘못 선택했기 때문에 잘못된 일이 몇 번이나 생기는, 그런 세계로 들어가고 말았고, 또 그런 일은 누구에게나 일어날 수 있다고 생각해요.
나 같으면 당장 글을 쓰기 시작했을 거예요. 그래서 정말 의문인 거죠. 인생은 짧잖아요. 그러니까 사는 곳보다, 집안 문제보다, 소설을 우선하고 싶어요.
나는 건강 검진에서 소소한 이상이 발견되었을 뿐인

데도, '아, 그 작품을 써야 하니까, 좀 서둘러야겠네.' 하는 식으로 그 시점에 바로 계획이 떠오를 정도니까. '5년 후에 쓰려고 했는데, 지금 써야겠다. 그렇다면 뭘 어떻게 해야 하지?' 하는 생각이 순간적으로 떠오른다는 것은, 내가 하고 싶은 일을 하고 있다는 뜻이겠죠. 새삼스레 납득이 갔어요.

<u>타이라</u> 그렇게까지 하지 못하는 것은, 그저 동경에 불과하기 때문이겠군요.

<u>요시모토</u> 그래서 동경이 위험한 거죠. 답은 현실 속에 있거든요. 예컨대 '그렇게 되고 싶다.' '동경한다.' '될 수 있지 않을까?' 하는 주위 사람들의 말을 들어 보면, 대개는 자신의 본질을 직시한 리얼한 판단이 아닌 듯한 느낌이 들어요.

'동경'을 정화하면 틀이 확대된다

<u>타이라</u> '동경'이나 '꿈' 같은 것도 의외로 마음의 평화

를 뒤흔드는 요인이더군요. 호오포노포노를 통해 그렇다는 걸 깨닫게 되었어요.

<u>요시모토</u> '동경'이나 '꿈'은 일반적으로 좋은 것이라고 얘기되죠.

<u>타이라</u> 들썩거리는 상태.

<u>요시모토</u> '꺄아!' 하는 것처럼.

<u>타이라</u> 호오포노포노를 실천해 나가면, 그런 것도 모두 기억이라는 것을 잘 알게 돼요. '다쳤다.' '사고가 터졌다.' '돈을 잃었다.' 등, 자기에게 마이너스로 작용하거나 마음을 어지럽히는 사건이 생겼을 때는, 오히려 정화하기 쉽죠. 그런데 오래 동경해 왔던 사람을 만났을 때도, 비슷할 정도로 마음이 들썩이잖아요.

<u>요시모토</u> 가슴이 뭉클해지죠. 그렇게 된다는 것은 역시 평화롭지 않은 거예요. 자기와 페이스가 맞지 않는 상황은 가능하면 피하고 싶어요. 그러나 페이스가 흔들리는 일이 생기는 것도 인생이잖아요. 그런 때 '어떻

게 자기를 유지할 수 있는가?' 하는 것에 가장 관심을 둡니다.

타이라 전 바나나 씨를 처음 만났을 때, 기뻐서 어쩔 줄을 몰랐어요. 어렸을 때부터 너무 좋아했고, 출판되는 작품마다 읽은 세계적인 소설가와 실제로 만난다는 게. 그런데 휴렌 박사에게 "그 과도한 설렘조차 정화하라."는 말을 들었어요.
'사람에 대한 동경'뿐만 아니라, '동경하는 일' '동경하는 삶'도 그래요. 정화를 하면 할수록, 무언가를 잃는 게 아니라 틀이 확대되고, 또는 틀을 넘어 자신이 의식했던 것과는 조금 다르지만, 자신에게 딱 맞는 것과 만날 확률이 높아지죠.

요시모토 밑에서 천천히 끓어오르는 이미지죠.

타이라 네, 맞아요. 멀리 있는 어딘가를 찾거나 지향하는 게 아니라 '앗, 언제 이런 일이 생겼지?' '아아, 이런 느낌이구나.' 하는 식으로.

요시모토 네.

타이라 휴렌 박사는 "그렇게 무언가를 동경하고 있다면, 그건 정화할 사항이지 인생의 콤파스는 아니다."라고 말하셨어요.
'동경과 꿈이 생기면 우선은 정화를 시작한다.' 거기에 초점을 맞추자 이해를 넘어선 좋은 일이 정말 많아졌어요. '좋은 일'이라는 말로는 다 표현할 수 없을 정도로…….

요시모토 자연스러운 일이죠.

타이라 자연스럽게 무리 없이 퍼져 나가듯 틀이 깨지는. 생각해 보면, '동경'이라는 것이 자신을 조그맣게 가두는 패턴이 의외로 많은 듯해요.

요시모토 그것도 틀이죠. 더욱이 자신이 만든 틀인 만큼 동경과 깊은 연관이 있는 것 같아요. 그 동경 자체가 자기 주변과 경제권, 처음 일하게 된 직장 등을 바탕으로 형성되는 경우가 많으니까요. 진정한 자기로 있는 상태에서는 그런 선택을 하지 않았을지도 모르죠.

‘나의 평화’란?

타이라　동경이 ‘마음의 평화’를 흔들 수도 있다는 거군요.

요시모토　제 경우, 극단적으로 말해서 쓰는 일보다 중요한 것은 역시 ‘마음의 평온’이에요. 그야말로 호오포노포노에서 말하는 ‘나의 평화’죠.* 따라서 마음의 평화를 어지럽히는 일은 정화해야 할 사항입니다.

타이라　호오포노포노 강사들이 ‘Peace’라는 말을 자주 사용하는데, 일본어 책에서는 이 말을 ‘평온’이나 ‘평화’라는 단어로 번역해서 전하더군요.
이 ‘Peace’라는 말의 의미를 바나나 씨의 언어로 설명해 주실 수 있을까요?

요시모토　일본에서는 ‘원만’이라는 말에 가깝겠지요.(웃음) 하지만, 그런 게 아니라…… 차분하게 가라앉은 상태, 그런 느낌일까요? 마음이 깨끗하고, 고요

---

* 호오포노포노에는 ‘나의 평화(Peace of I)’라는 기도가 있다.

한 상태.

데이비드 린치* 감독은 가끔 자기 작품에 출연했는데, 그 사람을 보고만 있어도 치유되는 듯한 기분이 느껴지는 것은, 오래도록 명상을 해서 그의 마음이 평화롭기 때문이겠죠. 그런데 명상하는 다른 사람에게서는 대개 그런 평화를 느끼지 못해요.

타이라　정말 그런 사람을 간간이 볼 수 있어요.

요시모토　지금 문득 떠올랐는데, 발리 섬에 사는 내가 존경하는 '발리 섬의 형님' 마루오 다카토시** 씨가 이런 말을 자주 해요. "자기만 아니까 그런 게 아닐까. 나만 좋은 상태는 좀 아니지 않나." 하고요.

타이라　충분히 이해가 가네요.

---

*　미국의 영화 감독. 드라마 「트윈 픽스」, 영화 「이레이저 헤드」 「엘리펀트 맨」 「멀홀랜드 드라이브」 등 다수. 영화감독 외에 각본가, 프로듀서, 뮤지션, 배우, 아티스트 등 활동 범위가 다양하다.

**　'발리 섬의 형님'이라 불리며 현지 사람들에게 존경 받는 일본인 부호. 독자적인 철학으로 발리 섬사람들의 인생을 변화시켜 가는 모습을 그린 책이 원작인 영화 「신은 발리에 있다」가 쓰쓰미 신이치 주연으로 2015년에 개봉.

요시모토 마루오 씨의 메일 매거진에 독자로부터 이런 질문이 왔었어요.
"우리 가게는 아주 조그맣지만 인상 좋은 손님들이 찾아 주는 덕분에 그럭저럭 먹고 살 수 있어서, 정말 행복하고 충실하게 지내고 있어요. 하지만 돈은 그렇게 많지 않고 손님이 그 이상 늘지도 않아요. 이런 평화로움은 어떻게 생각하세요?"
마루오 씨는 분명하게 대답했어요. "자기만 좋은 인생인데, 재미없지 않을까? 그건 좀 아니라고 생각하는데."
그래서 명상을 하는데도 평화가 느껴지지 않는 사람들은, 그 점이 다른게 아닌가 하고 생각하고 있어요.
진정한 평온과 평화는, 주위에 위화감을 주지 않고, 효율을 중시하지 않아도 아주 효율적으로 움직인다고 할까. 그리고 타인을 도울 수 있죠. 그게 우주의 흐름을 따르는 일이 아닐까 해요.

타이라 다시 말해서, 신성한 청사진을 따른 삶과 아주 비슷하네요. 아무리 자유롭다고 외쳐도, 본인만이 아는 미처 지우지 못한 기억을 내면에 지닌 채 뭔가를 표현하고 행동할 때, 충돌하는 요인이 저절로 드러나는 듯한.
휴렌 박사는 이렇게 말해요. "아무리 거기에 화려함과 아름다움과 정당함이 있어도, 각자의 우니히피리는 다 꿰뚫어 보고 있어서, 상대의 우니히피리는 자기 내면의 문제를 보고 있다."고요.

요시모토 거짓 화려함은 '보라고' 강력하게 외치잖아요. 그 사람 내면에서 자연스럽게 나온 매력이 아니면, 압박감을 느끼게 되죠. 그런 압박감은 몹시 불편해요.
반면 자연스럽게 느껴지면 평화롭다고 생각하고요. 평화는 사람에게 상처를 주지 않고, 누구와도 함께할 수 있으니까 그런 상태가 좋기는 한데, 어째서인지 평화를 추구하거나 유지하기가 어려운 경우가 많죠. 그 어려움이 인생의 일부인가 하고도 생각합니다.
하지만 적어도 우리는 육체를 지니고 있으니까, 육체의 쾌적함이 평화로 연결될 가능성도 높죠. 쾌적한 환경, 쾌적한 기온, 쾌적한 이동은 육체에 무척 플러스 요인이잖아요.

타이라 정말 그러네요. 육체를 관장하는 것은 우니히

피리고요. 어떤 경우에도, 의식적으로 자기 자신이나 상대의 몸을 아끼면, 도가 지나치는 일을 막을 수 있을지도 모르겠어요. 그런 것도 우니히피리와의 대화가 되겠죠.

설정을 전환한다

타이라 그런데 마음의 평화를 유지하면서 자기다운 미래로 가기 위해 꼭 해야 할 일은 뭐가 있을까요?

> 요시모토 우선 소망을 실현하는 게 좋겠죠. 다시 말해서, 날마다 소중하게 살면서, 언제인지 모르게 도달한 곳이 자신이 가야 할 곳이라면 좋지 않겠어요? '언제인지 모르게 있게 된 곳'이 아닌 다른 곳은 사실 자기가 갈 곳이 아니지 않나 생각해요.
>
> 모두들 여기에 있으면서 마음은 여기에 있지 않고 '내년의 내 목표'를 생각하는데, '오늘, 이 장소에 나는 어떻게 있어야 하는가?' 하는 생각이 데려다주는 곳이야말로 미래라고 생각해요.

타이라 휴렌 박사도 늘 "오늘 이 순간 '진정한 나'로 사는 것이 얼마나 귀중한 일인지, 그걸 깨달아야 한다."고 말씀하세요.
'지금'을 정화하면서 살면, 과거와 미래에 둔 기억도 정화된다. 그러니 '지금'으로 돌아와 정화하는 것이 중요하다고요.
'오늘의 나를 사는 것'이 내달, 그리고 내년과 10년 후로 이어지잖아요. 그러니까 '틀'에 얽매이지 않고, 지금의 나를 어떻게 살 것인가 하는 걸…….

요시모토 날마다, 그런 생각이 절실해져요. 좋은 것은 좋은 것이고, 싫은 것은 싫은 거니까, 그런 선택으로 미래가 결정되잖아요.
우주 마사지의 프리미치부* 씨가 "설정만 전환하면 바꾸는 것은 간단하다."고 말하는데요.
어렸을 때 Q타로**를 무척 좋아했어요. 문신까지 할 정도였으니까, 정말 좋아했던 거죠. 그러다 보니까 언제부터인가 Q타로처럼 간식도 누워서 뒹굴거리며 먹

* 저명한 인사에서 경영인까지 폭넓은 팬을 거느리고 있다. 몸뿐만이 아니라 정신과 운세도 업데이트하는 신기의 소유자. 손바닥으로 하는 그 시술은 '우주 마사지'라 불린다.

** 코믹 만화 「유령 Q타로」의 주인공. 후지코 후지오 만화 대표작 중 하나. 평범한 가정에 사는 유령 때문에 벌어지는 소동을 유머러스하게 그린 작품.

고.(웃음) '우와, 실현하고 있네.' 하고 늘 생각해요. '이게 꿈이었다면, 이루어진 건데, 설정을 뭘 잘못한 건가, 하지만 이루어지긴 했지.' 그런 식으로.

타이라 아하하.

요시모토 내가 Q타로가 아닌 것으로 설정을 바꾸고 싶었는지 그건 차치하고, 프리미치부 씨는 "자신의 설정을 전환하면, 그 설정으로 바뀌어 가니까, 무언가를 실현하기도 간단하다."고 하는데, 정말 그렇지 않나 싶어요.

설정이 '우리 집이 가난해서 고생이 많다.' — 아아, 아이린 씨 얘기가 아니에요 — '그래서 24시간 일해야 한다.'든지 '어머니가 '정숙한 여성이 되어야 한다.'니까, 아무리 더운 날에도 스타킹을 신어야지.' 하는 틀에 박힌 설정에서 벗어나지 못하는 사람이 많아요.

하지만 그 틀이라는 게 별거 아니에요. 조금 전에도 말했다시피, '머리 박박 깎고 회사에 출근하면, 모든 게 달라진다.' 하는 정도의 문제죠.

용기가 있고 없고의 문제도 아니에요. 자신의 '틀'이 딱딱하게 고정되어 있어서, 잠재의식 속에서도 끄떡

하지 않으니까 그러지 못할 뿐이죠. 하지만 그걸 움직이는 건 어렵지 않은 일이에요.

부모의 영향에 따른 틀

타이라 자신이 설정한 '틀'에 부모의 영향도 깊이 관여했으리란 생각이 들어요.
예를 들어 저의 경우는 부모님 둘 다 극단적인 성격에, 기발했다고 할까. 특히 어머니가 격렬한 인상을 주는 타입이라서, 어렸을 때 주위 사람들에게 언제나 '죄송합니다.' 하는 기분으로 살았어요. 어머니가 있어서, 그 자리의 분위기가 흔들리는 것에 미안함을 느끼는 이상한 버릇이 있었죠.
바나나 씨가 조금 전에 예로 든 저의 가방 얘기도 그런데, 누가 저를 칭찬하면 바로 미안한 느낌이 드는 면과 관계가 있지 않나 싶어요.

요시모토 어머니는 다양한 체험을 하면서 직감을 따라 독자적인 삶을 사셨으니, 그 자식은 역시 '죄송합니다.' 하면서 사는 게 편했을 거예요. 그러니까 굳이 애를 쓰면서까지 바꿀 필요는 없지 않을까요? 특수한 가정은 약점이기도 하지만 강점이기도 하잖아요.

타이라 사소한 버릇에서 식사 예절, 집을 선택하는 안목까지, 정말 가족의 영향은 참 커요.

요시모토 그렇죠. 그리고 마음속 깊이 잠재된 영향이다 보니 거의 '주술'에 가깝다고 할 정도인데. 좋은 것이든 나쁜 것이든 말이에요. 좀 더 중립적으로 말하면, '암시'. 헤어나고 싶어도 헤어날 수 없는 것이지만, 그게 바로 틀이라는 점도 인식하는 편이 좋겠죠.

타이라 바나나 씨도 그런 경험이 있나요? 부모의 영향에 따른 틀을 인식하고, 또 거기에서 벗어나려고 했던 경험이요.

요시모토 아버지*에게는 좋은 영향만 받은 것 같아요.

---

* 요시모토 다카아키. 시인, 문예비평가, 사상가. 도쿄공업대학 졸업. 전쟁 체험의 의미를 자문하면서, 1950년대, 문학자의 전쟁책임론, 전향론으로 논단에 등장. 60년대 안보투쟁을 거쳐, 1961년 잡지 《시행》을 창간. 80년대부터는 소비사회, 고도자본주의 분석으로 향한다. 일본의 전후 사상에 큰 영향을 미쳤고 '전후 사상계의 거인'으로 불린다.

다만, 마지막까지 과도했던 아버지의 서민 지향은, 나는 좀 좋아할 수가 없었어요. '서민이 좋은 것'이던 시대에 살지 않았고, 서민이 거칠어지기 시작하던 무렵에 성장해서, '그렇게 좋은 것만은 아니라는' 생각이 있었거든요. 그게 아버지에 대한 반발이었다고 할까, 유일하게 그 부분만은 생각이 달랐어요.
'서민으로 살라.'는 아버지의 강력한 지향성에서 아주 오랜 기간 벗어날 수 없었습니다. 최근에서야 나 자신의 컬러를 깨닫게 된 듯해요.
어머니는 아이린 씨와 약간 비슷한 감각을 지니고 있고, 또 굉장히 솔직한 사람이어서, 나도 늘 주위 사람들에게 '어머니가 너무 솔직해서 죄송합니다.' 하고 말했어요.
죄송하다는 말이 그냥 나오는 점도, 아이린 씨와 공통되는 부분이라고 생각해요. 너무나 대담하게 말하니까, 언제나 속으로 '그만해!' 하고 생각했어요.
나도 조심하고 있지만, 어머니를 닮아서 말투가 가혹해질 때가 있는데 이제 고칠 수 없는 영역에 들어갔는지도 모르죠.

타이라 거의.(웃음)

요시모토 우리 어머니는 내 남자친구의 어머니에게 '당신처럼 쉬는 날에 종일 냄비 닦는 사람, 정말 싫어.' 하고 말하는 사람이었어요.

타이라 우리 어머니도 가끔 그렇게 센 말을 했는데.(웃음)

요시모토 베티 씨는 보통 '나쁜 사람은 아니지만, 나와는 좀 맞지 않아서.' 하고 얼버무릴 장면에서 얼버무리지 않는 분이잖아요. 우리 어머니도 그랬기 때문에, 저도 정말 마음고생이 많았어요.
'그렇게까지 말할 거 없잖아.' 하면, '이제 평생 만날 일 없으니까 됐어.' 하는 식이었어요, 본인은. 주위 사람들만 고생이지.

타이라 저도 어머니를 닮은 언행으로 주위 사람들의 지적을 받고 움찔할 때가 있어요. '내 안에도 이렇게 틀이 있구나.' 하고요.

요시모토 있을 수 있죠. 하지만, 그렇게 애써서 벗어나야 할 틀은 아닌 것 같은데요.

타이라 인식하고 있으면 정화는 할 수 있지만, 고쳐지지는 않는다는 뜻일까요?

요시모토 문제는 마음을 넓게 유지하는 것이죠. 단단히 옭아매지 않아서 바람이 잘 통하면, 만사는 어느 정도 흘러가지 않겠어요.
모두가 꽉 잡고 놓지 않는다고 할지, 단단히 옭아매는 일에만 열심인 것처럼 보이는 경우가 많아요, 내 눈에는. 그렇다고 나 자신은 그렇지 않나 하면, 물론 그렇지도 않고요.

타이라 그 점은 저 역시 정화 사항이에요.

활약할 수 있는 장소는 어디?

타이라 그런데 제 주위에서 '하고 싶은 일을 못 찾겠다.'거나 '활약할 수 있는 장소를 모르겠다.'고 고민하는 소리가 자주 들려요.

요시모토 나쁜 예로 들어서 정말 미안하지만, 알기 쉬운 사례가 하나 있어요.

지인 중에 요리를 아주 잘하는 사람이 있는데, 요리를 잘한다고 할지, 아무튼 손이 무척 빨라요. '이런 때에도 만드나?' 싶을 때도 만들어요. 일하다 늦은 밤에 지쳐서 돌아왔으니까 오늘은 그냥 자면 좋겠다 싶은 때에도 '자, 이제 우동을 만들까?' 하는 사람이에요. 그렇게 지친 상태에서 우동을 만든다는 건 쉽지 않은 일이잖아요. 그래서 이 사람은 그게 재능인가 싶은데, 왜 그런지 그녀는 요식업으로 가지 않아요.

'내게는 별일 아니니까, 재능이라고 할 수 없다.'고 해요. 하지만 내가 보기에는 '정말 대단하다, 위대하다.' 하고 감탄할 일이죠. 그래서 늘 칭찬하는데, '아니다, 아니다, 이건 당연한 거다.' 하면서 절대 내 말을 듣지 않아요. 그러고는 스타일리스트 같은 일이나 재테크, IT 등 '동경하는' 쪽으로 마음을 쏟죠.

만약 그 사람이 '정말 나는 밤 3시에 들어와서도 우동을 만들 수 있는 사람'이라고 스스로를 인식한다면, 훨씬 더 많은 만남과 다양한 삶의 방식이 시야에 들어올 텐데, 자기에게 없는 쪽으로 가는 것이 동경의 속성인가 싶어요.

그렇다면 왜 동경하는 쪽으로 가고 싶은가, '진정한 자기'를 싫어하니까. 그렇게 순환되는 것이죠.

타이라 바나나 씨가 말하는 '진정한 자기'란, 동경하는 감정을 하나둘 버린 끝에만 있는 것일까요?

요시모토 그렇겠죠. 그야말로 정화의 끝에 있는 것이 진정한 자기니까요.

타이라 그렇게 피곤할 때도 쓱쓱 요리를 할 수 있다니, 마치 우주의 흐름 속에 있는 것처럼 여겨지는데요.

요시모토 정말 이해하기 쉬운 예라고 생각해요. 남들이 보기에는 '어떻게 그럴 수 있지?' 싶은 일인데, 정작 본인은 아주 당연한 일로 인식하는 거죠. 따라서 '틀' 안에 있으니, 틀을 정화해서 깨는 것이 중요하겠죠.
알기 쉽게 결론을 내리면, 나아가서는 그 사람이 '진정한 자기를 만나, 진정한 나를 살고 싶다.' 하는 것으로 이어지겠죠. 따라서 '하고 싶은 일을 못 찾겠다, 활약할 수 있는 장소가 어디인지 모르겠다.'는 고민도 똑

같은 성격이에요.

강연에서 유사한 질문에 대답할 때, 인류 전체를 한 인간의 몸에 비유하곤 하는데요. 이 세상에는 무수한 사람이 있고, 각자 다른 일을 하고 있는데, 당신은 혼자 패션모델에서 시골 아줌마까지 다 커버하려고 한다, 그건 마치 '나는 엉덩이는 싫어, 머리가 좋아.' 하거나 '여자 젖꼭지는 싫은데, 차라리 남자 젖꼭지가 낫지.' 하는 것과 마찬가지라고요.

몸 전체 입장에서는 '그런 말이 어디 있어?' 할 거 아니에요? 간이 '나 사실은 콩팥이 되고 싶었는데.' 하면서 자기 역할을 안 한다면, 전체가 난감해지겠죠.

따라서 자신이 '왜 나는 손톱이지?' 하고 고민하느니, '무수한 일부 중에 손톱인 거구나.' '나는 엉덩이.'(웃음) 그렇게 생각하면 엉덩이 위에는 허리도 있고 아래로는 다리도 있고, 그렇잖아요. 그러면 즐거울지도 모르잖아요?

'나는 귓밥이면 좋겠는데, 부럽다.' 하는 말은 의미가 없다고 할까. 간이 '나도 여과를 하고 싶다고.' 하면 '아니지, 자네는 유해물질을 분해해야지.' 그런 얘기잖아요.

우리를 보면서 신도 똑같은 생각을 하지 않을까요?

예를 들어서 엉덩이는 엉덩이만의 즐거움이 있을 수 있죠. 그건 간이나 콩팥은 모르는 즐거움일 거예요. 그 장소의 강점이 반드시 있어요. 그런데 왜 다른 곳으로 이식시켜 달라고 하는 걸까요?

타이라 그런데도 사람들은 주위와 자기를 비교하거나 선망하고, 다른 형태가 자기에게 최고의 행복이라고 믿곤 하죠.

요시모토 세뇌를 당했기 때문이라고 생각해요. 또 자기가 있는 장소가 도무지 마음에 들지 않아 받아들일 수 없는데, 스스로 바꿔 나갈 마음이 없다는 것이겠죠. 그럴 때 '내게는 나만의 재능이 있다, 그게 내 기억이 요구하는 것과는 다른 장소에 있을지도 모른다.' 하고 생각하면 마음은 좀 더 편해질지도 몰라요.
하지만 간은 분해하는 것이 자기 일이고, 콩팥은 여과하는 것, 속눈썹은 눈에 이물질이 들어가지 않도록 하는 것, 각각 하는 일이 다르니 왜 거기에 배치되었는지를 인식하고, 그 가운데 자기 역할을 최대한 발휘하는 것 외에는 달리 할 수 있는 일이 없지 않을까요? 그 이상을 바라는 것을 더 나아지려고 하는 마음이라고 우기는 것은, 자본주의 사회의 구조에 세뇌당한 거죠. 한편, 콤플렉스를 자극하는 요소는 너무도 많고. 따라서 인간이 할 수 있는 일은 정화에 정화를 거듭해서, 본래의 자기로 돌아가는 것뿐이에요.

이 우주의 시스템이 그렇게 가혹하게 돌아가지는 않는다고 생각해요. '자기를 부정하지 않고는 살아갈 수 없다.'니, 그런 일은 절대 없어요. 적어도 우리는 아직 축복받은 상태에 있어요. 그 축복을 최대한 누려야죠.

타이라 결혼해서 한동안 시부모님과 같이 살았는데, 예전과 다른 환경이다 보니 제가 하는 모든 일에서 '남편 가족이 위화감을 느낄지도 모른다.'는 느낌이 계속되어서 편하지는 않았어요.

그런 느낌이 한번 들고 나니까, 괜히 신경이 쓰여서 다르게 행동하기도 하고. '역시 적응이 안 되는구나.' 하면서 딱딱해지거나 비굴해지기도 하고. 그러느라 심신이 피폐해졌어요.

시부모님이 상냥하게 "자기 집처럼 여기고 지내라."고 해서 넓은 집에서 룰루랄라 지냈지만, 넓은 집은 넓은 집 나름의 규칙이 있고요. 대형 냉장고 안에는, 그날

먹을 양의 신선한 식재료밖에 없어서 군것질을 할 수 도 없고, 식사 후에 감자칩을 먹는 것은 상상도 할 수 없는 일이라 사다 놓았다가 괜히 건강에 관해 염려를 끼칠 수도 있고, 그래서 오기가 난 나머지 혼자 감자칩을 먹으면 맛도 제대로 느낄 수 없었거든요.

여러 가지로 시도하다가, 결국 식후 산책이라는 명목으로 근처에 있는 편의점에 가서 맥주와 안주거리를 사서 그 자리에서 당당하게 군것질을 하게 되었어요. 지금은 웃으면서 얘기할 수 있지만, 그때 개를 데리고 나온 시어머니와 딱 마주치는 바람에 얼마나 민망하던지. 내 안의 어떤 기억이 이 같은 부자연스러운 체험을 유발하는가 싶어 정화했어요. 의식이 어떤 것을 감지하면, 그에 반응해서 여러 가지 시도를 하게 되는데 반드시 위화감을 체험하게 되더군요. 우니히피리가 보여 주는 것을 정화하지 않는 한, 반드시 깨닫게 되는 계기가 눈앞에 나타나죠.

지금도 시행착오를 거듭하고 있어요. 하지만 조금 전에 바나나 씨가 신체의 각 부위에 비유한 것처럼, '너 빨리 심장처럼 규칙적인 리듬에 맞춰 행동해.' 하는 소리를 듣고, 나도 심장처럼 처신해 보지만, 역시 '집게손가락'으로 최선을 다할 수밖에 없다고 피차가 인식해 가는 과정에 있다고 봐요. 그리고, 지금은 다른 나를 받아들여 준 새 가족에게 감사하는 마음과 사랑이 커지고 있어요.

요시모토 '그런 사람인데 뭐 어쩔 수 없지.' 하는 건, 의외로 한 개성으로 인정한다는 뜻이기도 하죠.

타이라 정말 그래요. 우선은 지금 있는 장소에서 정화를 시작하는 것. 그런 시도가 현실적으로는 매우 효과가 있는 듯해요.

요시모토 자기의 특수성을 파악하고, 그걸 살릴 수 있는 적재적소에 있으면, 불필요한 카르마는 생기지 않아요. 그게 전부라고 생각합니다.

요시모토 언젠가, 작가이며 면역학자인 미사고 치즈루* 씨, 그리고 아이린 씨처럼 외국인과 결혼한 사람과 얘기를 나눈 적이 있어요. 문화가 다른 곳으로 시집가는 어려움에 대해서요. 상대의 집안이 무척 견실하더라고요.
미사고 씨 역시 브라질 사람과 결혼한 터라, "아무래도 쉽지는 않겠어요."라고 했더니, "아니, 나는 정말 아무렇지 않아요. 오히려 상대를 따라 다른 세계의 속내를 보고 싶어요."라고 하시더라고요. 이렇게 생각하는 사람도 있구나 싶었죠.

타이라 와우!

요시모토 여름 방학 동안에 4개국을 여행하셨대요. "이번 여름에는 에티오피아와 콩고와 브라질, 그리고 쿠바에 갔어요." "으으윽, 전갈이." "밀림 속에서 고릴라를 관찰했는데."라며 신나게 얘기하시는 거예요.

* 쓰다주쿠대학 다문화, 국제협력학과 교수. 저서에 『줌마화하는 여자들-여성의 신체성을 되찾는다』 외에 다수.

타이라 그야말로 자유네요!

요시모토 그렇게 자유를 좋아하는 것처럼 보이는데, 결혼에 대해서는 "결혼 생활을 하면서 내가 뭔가를 결정하는 건 잘 못해요. 상대의 말을 100% 들어주고 싶어서."라고 하더라고요. 미사고 씨는 브라질에서 남편과 헤어진 후 두 아들을 데리고 일본으로 돌아왔어요. 그 복잡한 이혼 과정에서 벗어나 겨우 자유로워졌는데, 혼자 사는 이유를 알 수 없어서 선을 봐서 재혼했다고 해요.

타이라 터프한 분인데도, 결혼 생활이 적성에 맞나 보네요.

요시모토 재혼한 남편이 병을 앓아 간병할 때도 전혀 고생스럽지 않았대요. 언제나 뭘 해 주고 싶어서. 미사고 씨의 마사지는 천하일품인데, 남편 분은 '마사지는 딱 질색'이라고 했다네요. 몸에 좋겠다 싶어서 조림과 주스를 손수 만들어 줘도 '내 어머니가 만든 조림이 아니면 안 먹는다.' '주스는 이토엔 주스가 최고다.' 했대요.

타이라 헉. 애써 손수 만드셨는데.

요시모토 "아무튼 그 사람은 나를 전혀 부릴 줄 모르는 사람이에요. 나, 이렇게 편리한 사람인데." 그러셨어요.(웃음)

타이라 정말 멋진 분이네요!

요시모토 그 남편 분도 돌아가셔서 이제는 자유의 몸인데, "역시, 이런 자유는 좀 안 맞는 것 같아요."라고 하더군요.(웃음)
강하고 터프해서 뭐든 할 수 있는데, 결혼이나 남녀관계에 관해서는 엄청 보수적인 면이 있어요. 그런데도 그렇게 자유롭고 멋진 사람이 있고, 그렇지 않은 사람도 있고, 다양한 사람이 있다는 게 당연하다는 사실이 납득이 갔어요. 그러니까 세상이 참 고른 거죠.
저마다 맞는 게 있어요. 그러니까 자기에게 맞지 않는 것은 굳이 할 필요가 없어요. 정말 그렇게 생각해요.

타이라 그렇게 사람은 저마다 각기 다르고, 또 나와 다른 사람도 많으니까, '그럼 나는 이쪽에서.' 하고 순순

히 '자기다움의 길'로 나아갈 수 있을 듯하네요.(웃음)

요시모토 그래요, 어쩔 수 없잖아요. 미사고 씨는 100% 자기 자신을 사는 사람이라, 극단적인 예이기는 하지만요.

타이라 극단적이라는 게 중요하지 않나 싶어요. 미묘하게 가까운, 비슷한 사람들 속에서 서로를 비교하다 보면, 자기답게 살고 싶어도 결국은 비슷한 틀 속으로 돌아가게 되기도 하잖아요.

요시모토 모든 것이 언뜻 작은 차이로 보여서, '나도 그럴 수 있으려나?' 하고 생각하게 되죠.

타이라 맞아요. 내 노력이 부족한 걸까 싶기도 하고. SNS의 세계도 그래요. 정말 먼 세계의 얘기인데 자세하게 보이니까, 지금의 자기와 비교하게 되죠.

요시모토 왠지 가깝게 느껴져서, 자기를 거기에 대입하죠.

<u>타이라</u> 맞아요. '내가 좀 더 분발해야 하나?' 하고 초조해지기 쉽죠.

<u>요시모토</u> 이 사람, 이렇게 아름답게 꾸미고 있으니까 나도 예뻐져야겠다고 생각하죠. 하지만, 그건 아니에요.

<u>타이라</u> 미사고 씨처럼 매력적인 분의 얘기를 들으면 '아, 나도 남편 집안을 그냥 따를까?' 하는 생각도 들 듯한데, 그러나 제가 지금 그렇게 한다 해도, 조금 다를 것 같아요.

<u>요시모토</u> 그러니까 더욱이 각자가 다른 인생을 사는 거라고 생각해요.

<u>타이라</u> 그리고 정화를 하고 또 자기를 살다 보면, 어느 순간 문득, 제가 바뀐 듯 느껴지는 때가 있어요.

<u>요시모토</u> 그 감각을 순순히 받아들이는 게 좋지 않을까요? 정말 달라져서 새로운 풍경이 보이는 것도 좋은 일이고.

어떻게 하면 괜찮을 수 있을까?

타이라 아까도 말했지만, 저는 어린 시절에 집안 사정 때문에 불안정한 나날을 보냈는데, 바나나 씨가 자란 가정환경은, 매일 여러 사람들이 오가고 많은 일이 생겼으리란 이미지가 있어요. 이건 저의 추측인데, 다른 의미에서 힘들지 않았나요?

요시모토 맞아요. 힘들었어요. 집 안에 늘 모르는 사람이 있었거든요. 아는 사람이라도 결국은 타인이고. 타인이 늘 집 안에 같이 있는 거, 특히 사춘기에는 싫잖아요. 나 혼자만의 시간도 필요하고. 그래서 무척 힘들었어요.

초등학교 때 친구 중에 아주 불안정하고 특수한 가정에서 자라면서도, '자기'를 산 친구가 있어요. 정말 대단한 인물이에요. 진심으로 존경할 수 있었고, 지금도 존경합니다.

그 친구의 아버지가 한탕을 노리는 사람이라 도박을 하듯이 줄줄이 사업을 벌였거든요. 에스콰이어 클럽*

* 이그젝티브 전용의 회원제 사교장

을 맡기도 하고, 그런가 하면 갑자기 건강식품을 수입해서 팔기도 하고, 야반도주도 하고.

타이라 에너지가 굉장한 사람이네요.

요시모토 그렇긴 하죠. 어머니도 굉장히 아름다웠어요. 화사하게 꾸민 모습도 가끔 봤어요. 한번은 에스콰이어 클럽에 따라갔는데, 바니걸도 있고, 철이 없을 때라 신났던 기억이 있네요. 아버지가 늘 새 사업에 손을 대는 통에 경제적으로 기복이 심했죠.
부모님이 거의 집에 없어서 친구는 늘 열쇠를 갖고 다녔어요. 어마어마한 맨션에 사나 싶으면, 아주 조그만 아파트에 들어가 살기도 하고. 또 언제는 친척 집에 살 때도 있었고. 아무튼 거처가 일정하지 않은데도 그녀는 어떤 장소에서든 항상 차분했어요.

타이라 정말 대단하네요.

요시모토 언젠가는 갑자기 모레 이사하게 되었다고 해서, "뭐, 정말? 그럼 전학 가는 거야?" 했더니, "아니, 전철 타면 올 수 있으니까 그냥 다닐 거야." 하더라고요. 초등학생이 전철 타고 통학할 수 있는 거리가 아닌데 말이죠.

그날도 저녁 때 같이 텔레비전을 보면서 감자칩을 먹었어요. 그녀는 밥도 제 손으로 지었으니까, 내 몫까지 차려서 같이 느긋하게 밥을 먹고, 그러고는 "아, 벌써 ○시네." 하고는 책상 서랍을 열어서 첫 칸의 내용물을 그대로 고스란히 종이상자에 담고, 그다음 칸도 또 다른 종이상자에 담고, 꽉 차게 담지 않아요. 그래야 이사해서 바로 꺼낼 수 있다면서.

깜짝 놀라기는 했지만, 이 친구가 이런 일에 아주 익숙하다는 것만은 충분히 느낄 수 있었죠.

나는 이사를 경험한 적이 없어서, "이렇게 만날 이사 다니는 거, 힘들지 않니? 동네 사람들과 헤어져야 되고, 친구도 달라지는데." 하고 물었더니, "아니, 전혀. 재미있잖아, 새로운 곳. 다음은 어떤 집에서 살게 될지 궁금하기도 하고."라고 대답했어요.

"저거 좀 떼어 줄래? 나는 손이 안 닿아." 해서 보니까, 벽시계 위에 조그만 그림 쪽지를 압핀으로 꽂아 놓았더라고요.

키가 조금 더 큰 나도 아슬아슬하게 손이 닿지 않았는데, 별것 같지도 않아서 "그냥 두고 가도 되잖아?"

했더니, "아니, 저건 이 집에 살면서 소중하게 아꼈던 거라서." 하면서 자기가 의자를 가져와서 떼어 내려고 했어요. "알았어. 그럼 내가 키가 좀 더 크니까." 하고 내가 떼어 주었더니, "이건 꼭 가져가야 해." 하더군요.

타이라 그녀에게는 소중한 거였나 보네요.

요시모토 어린 마음과 어른스러운 마음이 섞여 있는 그 애처로움을, 선명하게 기억하고 있어요.
그 친구에게는 허세 많은 아버지가 있는 환경이 당연한 것이라, 싫고 말고를 따지거나 좋고 나쁘고를 가릴 일이 아니라는 생각도 들었고.
그리고 그때, 어린 마음에 지금 이사 가는 집이 정말 작은가 보다 했는데, 어마어마한 대저택이었어요.(웃음) 전에 살던 집에는 없던 호화찬란한 가죽 소파도 등장하고, 그렇게 쫓기듯 이사했는데 어떻게 이런 집일까 싶었지만, 되도록 묻지 않으려고 했어요. 그녀의 침착함이, 여러 가지로 부침이 많은 상황 속에서 형성되었다는 걸 잘 알 수 있었죠.

타이라 그 침착함, 위대하네요.

요시모토 언젠가 우리 가족과 몇몇 친구들 가족이 스키 여행을 가는데, 그 친구도 데려갔어요. 기차가 엄청 붐벼서 거의 만원 전철처럼 사람이 꽉 차 있었는데, 철이 없는 나는 "아, 짜증 나. 왜 이렇게 사람이 많은 거야. 에치고유자와 역까지 이렇게 가야 되는 거야?" 하고 투덜거렸는데, 그 친구는 한마디도 하지 않았어요. 그렇다고 명랑하게 구는 것도 아니고, 그냥 가만히 있었어요.
그 태도를 본 우리 아버지가 말씀하시길, "이 아이가 지금까지 어떤 환경에서 어떻게 살아왔는지가 잘 전해지는구나. 너처럼 순진한 태도도 무척 훌륭하지만, 저 친구는 정말 훌륭해." 하셨어요.
그 말이 잊히지 않네요.

타이라 아버님이 정말 굉장하시네요. 그 친구의 '그 부분'을 정확하게 보고 계셨어요.

요시모토 네, 맞아요. 우리 어머니는 "그 아이 집이 조금 불안정해서 무섭다." 하면서 친구로 지내는 걸 반대했어요. 그런데 아버지는 '좋은 아이'라고 인정해 주었죠.

지금 그 친구와는 1년에 한 번 정도밖에 만나지 않지만, 우리 아버지가 돌아가셨을 때 갑자기 연락이 왔어요. "문상을 가도 괜찮겠느냐?"고 묻더군요. 그렇게 의리를 중시하는 타입도 아닌데.

아버지 장례는 당신의 뜻을 받들어 아주 한정된 사람들에게만 연락을 하고, 장소도 아주 조촐한 곳이었기 때문에 사실은 거절해야 하는데, "물론 괜찮지. 우리 아버지는 널 무척 좋아하셨어." 하고 말했어요. 그랬더니, "아니지, 나야말로 어렸을 때 네 아버님이 없었으면 아마 죽었을 거야. 아버님이 해 주신 좋은 말씀들이 내 인생의 버팀목이 되었어." 하고는, 와 주었어요.

타이라 와! 그녀에게 자기를 인정해 준 어른의 존재가 큰 힘이 되었군요.

요시모토 덧붙여 좋은 얘기가 하나 더 있어요. 빈소에서 두 손을 모은 그녀 모습을 보고서 우리 남편이 갑자기 "저 사람, 아주 특별한데. 합장한 모습이 예사롭지 않아. 자세도 굉장하고."라고 하더라고요. 우리 관계를 전혀 모르는데. 그래서 '아아, 아는 사람은 다 아는구나.' 했죠. 언뜻 보기에는 그냥 주부였으니까요.

타이라 사람은 세부에 모든 것이 드러난다는 뜻이군요. 그 후에 그 친구 분의 아버지와 어머니는 어떻게 되셨나요?

요시모토 규슈로 이사 갔어요. 대학생인 그녀만 도쿄에 두고요. 사촌형제 둘과 같이 살았는데, 그중 한 명이 파티를 좋아해서, 거의 매일 친구들이 우르르 몰려와 파티를 하는 와중에도 그녀는 여전히 자기 세계를 살았어요. "시끄러우면 문을 닫으면 그만."이라고 하면서요.(웃음)

타이라 정말 침착하네요.

요시모토 다른 사촌은 신경이 곤두서서, "매일 시끄러워서 견딜 수가 없다, 모르는 남자가 집에 있는 것도 싫다."며 거의 신경과민 증상을 보였는데, 그녀는 조금도 개의치 않고 자기 페이스로 지냈어요.
그녀 같은 경우에는 어렸을 때부터 자기가 어떻게 처신해야 하는지 생각할 기회가 너무 많아서 그렇게까지 자기 세계를 굳힐 수 있던 거겠죠. 전부 환경 때문이라고 할 수는 없겠지만 말이에요.

극단적인 가족이라, 그런 환경에서 성장하면 비뚤어질 가능성도 많잖아요. 불량학생이 되든지 나돌아다니면서 놀기만 하든지. 그런데 전혀 그렇지 않았어요. '부모가 저러니 자식도 저 모양.'이라고 하는 어른도 많은데, 부모를 원망하지도 않고. 정말 대단한 사람이라고 생각해요. 그냥 있는 그대로의 그 사람이에요. 지금도 여전히 그대로. 존경합니다.

타이라 '자기'를 정확하게 보는 것이 열쇠네요.

요시모토 역시 자기를 알고, 어떻게 하면 자신이 괜찮을 수 있는지를 생각하고 행동해야 한다는 말이겠죠.

타이라 호오포노포노에서는, 무슨 문제가 생겼을 때 제일 처음 우니히피리에게 질문하는 말이 있어요. "문제가 어디에 있는 거지?"[*]라고 묻는 거죠. 문제의 진짜 원인이 어디 있는지 알아보는 거예요. 밖에서 일어난 일도 자기의 잠재의식이 축적해 온 기억이라고, 그래서 몇 번이든 되돌아보면서 정화하고 있어요. 힘겨운

---

* 하와이의 인간문화재이며 SITH 호오포노포노의 창시자인 모르나 여사는 "밖에는 없다. 당신의 내면을 청소하는 것이 중요하다."는 말을 남겼다.

작업일 때도 있지만, 세계가 단숨에 열리는 느낌이 들 때도 있어요.

무라카미 하루키 선생님과 모리 히로시 선생님

타이라 그런데 타이완에서 유복하고 화려한 사람들과 접할 기회가 간혹 있다 보니, 제가 어떤 카테고리에 속해 있는지 알 수 없을 때가 있어요.

요시모토 그렇게 카테고리가 있는 사람들을 받아들이면 위축되는 건가요?

타이라 위축되었을 때의 저 자신이 깜짝 놀랄 정도로 위축되어서.

요시모토 무슨 말인지 알 것 같아요. 나도 종종 위축되니까.

타이라 바나나 씨도 위축되나요?

요시모토 유럽의 진짜 성에서 귀족처럼 사는 사람에게 초대받아 갔다가, '나 같은 사람이 여기 있어서 죄송하네요.' 하는 기분, 그런 경험 많아요.

타이라 바나나 씨 같은 분도 그렇군요.

요시모토 직업상 그런 일이 있어요, 많이.

타이라 바나나 씨가 위축되다니, 상상이 안 돼요.

요시모토 '초라해서 죄송합니다.' 같은.(웃음)

타이라 바나나 씨의 존재는, 일본인이라는 '틀'이 없는 좀 신기한 존재로 비치겠다는 건 그럭저럭 이해가 가요.

요시모토 내 인상이, 알기가 좀 어렵죠.

타이라 맞아요.

요시모토 단순해요. 알려진 브랜드가 아닌 사람이 있

네, 그런가 보지 뭐. 사람들은 보통 그래요. 그러니까 '저, 소설가랍니다.' 하면서 당당하게 가는 수밖에 없어요.

다만, 새로운 걸 하고 싶으니까 최대한 카테고리에 얽매이고 싶지 않은 마음은 있어요. 아쿠타가와상이나 나오키상의 심사위원도 하지 않고, 문단 바*에도 가지 않고.

타이라 문단 바라는 게 있어요?

요시모토 그럼요. 그런 곳에 가지 않은 덕분에, 소설을 오래 쓸 수 있었다고 생각합니다.

타이라 브랜드화되고 나면, 그다음에는 사람들이 거기에 맞춰 평가를 하게 되니까.

요시모토 그래요. 소비될 뿐이죠.

타이라 사람이 평가하고, 소비하고. 거기에는 '지금의

* 작가와 편집자들이 단골인 바. 밤마다 모여서 문학 얘기로 꽃을 피우는 장소.

자신'이 없죠.

<u>요시모토</u> 그러나 오리지널이고 싶은 사람에게는 매우 필요한 부분이에요.
다만, 브랜드 역시 늘 변화하고 혁신을 꾀하니까, 의미는 있다고 생각해요. 손쉽게 상품화하려 한다면, 분명하게 보여 주지 않으면 안 되니까. 하지만 그런 것과는 별개로, 자기 자신이라는 오리지널은 있을 수밖에 없잖아요. 그렇지 않으면 예술은 태어나지 않으니까요.
가령 나라 요시토모* 씨를 동경하는 마음에 큰 아틀리에에서 커다란 그림을 그리고, 바닥에 물감을 잔뜩 흩뿌려 본들, 나라 씨의 그림은 그릴 수 없잖아요.
마찬가지로 '그 사람의 스타일'은 매우 중요해요. '이건 다른 사람들은 불편하게 느끼겠지만 나는 좋다.' 혹은 '나는 좋지만 다른 사람들은 싫어하겠지.' 하는, '자신이 뭘 좋아하고 뭘 할 수 있는지'를 아는 것이 중요하다고 생각해요.

<u>타이라</u> 바나나 씨는 틀에 갇히지 않는 스타일을 갖고

---

* 세계적으로 평가되고 있는 화가. 감상자를 돌아보는 인물을 모티프로 한 드로잉과 아크릴 물감으로 그린 회화로 잘 알려져 있다. 일본 현대미술의 제2세대를 대표하는 1인.

있어요. 최근에 바나나 씨의 말이나 문장을, 책만이 아니라 다양한 매체를 통해 읽게 되어 몹시 흥분되었어요.

요시모토 모리 히로시** 선생님이 『STAR EGG – 별의 달걀님***』라는 제목의 책을 내셨는데, 그 책을 낸 과정이 무척 특이했어요.

나는 어렸을 때 작가가 되었기 때문에 편집자들이 모두 나보다 나이가 많았어요. 그래서 '이렇게 하는 편이 좋겠다.' '이렇게 갑시다.' 하는 말을 듣고 배운 탓에, 어느 정도 틀이 있었죠. 그 틀을 내 힘으로 꽤나 깨 왔는데, 뭐 이런 거려니 생각하던 차에 『STAR EGG – 별의 달걀님』을 만났죠.

모리 선생님은 그 책을 1,000부 구입하고, 그 책을 받고 싶은 사람을 인터넷을 통해 모집했는데, 그중에 내가 있었어요. 나는 보통 미스터리를 잘 읽지 않기 때문에 모리 선생님에 대해서는 이름 정도밖에 몰랐는데, 책의 내용이 정말 멋졌어요. 그래서 이 책을 왜 구

** 소설가, 공학박사. 1996년 『모든 것이 F가 된다』로 제 1회 메피스토 상을 수상하면서 데뷔. 이 작품은 만화, 드라마, 애니메이션으로도 제작되어 수많은 창작자들에게 영향을 미쳤다.

*** 2004년 간행. 직접 그림을 그린 첫 그림책.

입하고 또 응모한 사람들에게 보내게 되었는지, 그 경위를 읽어 봤죠.

'인세를 받지 않는 이유'[*]라는 글이었는데, 실험적인 일을 하고 싶었다는 점, 그리고 그게 마음처럼 잘 되지 않았던 일 등이 전부 쓰여 있었어요.

'그렇구나, 이런 일을 해도 되는구나.' 하는 생각이 들었어요. 마음이 자유로워졌죠.

그때 모리 선생님에게, 선생님 생각이 무척 훌륭하다는 뉘앙스의, 약간 우러러보는 시선으로 정중하게 메일을 드렸더니, 두드리면 열린다는 식으로 답장이 와서, 소설가는 이렇게 살아도 된다는 것을 알고 크게 배웠어요.

그리고 또 우리 업계 안에서 저는 무라카미 하루키[**] 선생님이 없었다면 '존재'하지 않았을 '존재'예요. 아마 흐름을 좇아 전형적인 궤도를 밟았겠죠.

타이라 전형적인 궤도?

---

* 문예춘추《책 이야기》2004년 12월호.

** 소설가, 번역가. 1979년, 재즈 카페를 경영하면서 쓴『바람의 노래를 들어라』로 고단샤 군조 신인문학상을 수상하며 데뷔. 작품뿐만 아니라 생활 스타일과 지향성, 인간성에 심취된 열광적인 팬이 많고, 이들은 하루키스트라고 불린다.

요시모토 궤도라는 말은 즉, '소설가가 된다, 아쿠타가와 상을 받는다, 또는 나오키 상을 받는다, 그다음 문학상 심사위원이 된다, 여러 모임에 참가해서 소설가들과 교류한다.'는 거예요. 그런 걸 하지 않을 수 있었던 것은, 그 당시 하루키 선생님이 처음으로 전혀 다른 움직임을 보여 주셨기 때문이에요.

타이라 왜 소설가로서의 궤도를 밟지 않는 선택을 했나요?

요시모토 안 그래도 재주가 없는데, 글 쓰는 시간을 깎아 먹는 게 싫었어요.

일본의 문단에서 그처럼 행동하는 하루키 선생님이 나와 주신 덕분에, '아, 이런 방식도 가능하구나.' 하는 가능성이 대두된 것이 바로 그 시기였죠.

그전에는 소설가라는 이름의 회사에 취직한 것과 다름없었으니까요. 조그맣게 움츠리고 숨어 있을 작정이었는데, 하루키 선생님의 그 행동으로 마음이 든든해졌어요.

하루키 선생님도 처음 글을 쓰기 시작했을 무렵에는 여러 사람들과 대담도 하고, 의뢰를 받는 대로 에세이도 썼는데, 그러다 시간이 아깝다는 생각을 하게 되지 않았을까 해요. 행동에 나서 주신 덕분에 저도 따라 하기 쉬웠으니 정말 잘된 일이죠.(웃음)
처음에는 어쩔 수 없이 업계 사람들이나 편집자의 뜻을 따라가게 되는데, 사랑의 채찍이라는 명분으로 일일이 잔소리를 해대서 싫었어요. 그래서 하루키 선생님처럼 이런 거 저런 거 다 무시하자고 다짐했죠.(웃음) 그 대신 글만은 진지하게 쓰자고 생각했어요.

타이라 모리 히로시 선생님의 혁신적인 실험과, 무라카미 하루키 선생님의 문단에 속하지 않는 방식을 받아들였기 때문에 지금의 바나나 씨가 있는 거군요.

요시모토 그렇죠. 두 분 다 새로운 실천을 하셨어요. 존경하고, 무슨 일이 있어도 두 분을 지지하고 싶습니다. 모리 선생님과 하루키 선생님, 두 분은 저의 소설가 인생에서 소중한 스승이에요.

타이라 역시 바나나 씨는 자기를 알고, 정말 자신이 하고 싶은 일, 바나나 씨가 본래 해야 하는 일을 자연스러운 흐름 속에서 받아들였네요.

요시모토 하지만 대신 나는 할 수 없는 일이나 하지 않는 일이 많아서, 경험할 수 없는 일도 아주 많아요. 그런 점까지 받아들이는 것도 인생이지 않나 생각합니다.

흐름을 본다

타이라 바나나 씨가 일하는 스타일에 대해 궁금한 게 있어요. 최근 바나나 씨는 오래 운영해 왔던 사무실을 접었죠. 일도 줄인 것 같고요. 인생에서 큰 변화라고 생각되는데요.

요시모토 솔직히 말해서, 사무실을 운영하는 게 몹시 버거웠어요. 사람을 부리는 책임이 너무 컸고, 먼 곳에 있어도 일은 진행되니까요. 그렇다면 차라리 내가 멈춰 있을 때는 사무실도 일을 멈추는 편이 좋지 않을까 하는 생각에서 지금 상황에 이르렀어요.

타이라 그렇게 단호한 결단을 어떻게 내릴 수 있었나요?

요시모토 이런 상태로 계속 가다가는 내가 쓰러지겠다 싶었어요. 아이가 성장해서 다시 야행성으로 돌아갔거든요. 아침까지 일하고 잠들면 오후가 되어야 눈을 뜨는데, 게다가 일상생활까지 하다 보면 저녁 6시가 지나 버려요. 그 리듬으로 다시 돌아가니, 사무실이 있으면 경영에 성실하게 관여할 수 없겠다는 생각이 절실했어요.

타이라 변화를 놓치지 않고, 그 변화와 조화를 꾀한 거군요.

요시모토 아이가 아주 어렸을 때는 야행성으로 살 수 없으니까, 내게 맞지 않는 생활 패턴이라도 이 기간 동안은 어쩔 수 없다 여기며 지냈어요. 그래서 원래 하고 싶었던 일이 2~3년 지연되기는 했지만.

타이라 앞으로 일을 줄인다는 것과, 야행성 생활로 돌아가는 것은 같은 의미인 거죠?

요시모토 네, 그래요. 어딘가에 속해 일하는 사람들은 낮에 움직이죠. 그 사람들이 집으로 돌아갈 쯤에 '자,

이제 일을 시작해 볼까요?' 하고 내가 제안할 수는 없으니, 그런 시차와 무관한 일밖에 할 수 없겠죠.

타이라 저도 그런 냉철한 판단력을 갖고 싶군요. 저는 경험도 풍부하지 않으면서, 지금 이렇게 하는 게 최선책이라고 생각하게 돼요.

요시모토 바꾸는 게 더 힘드니까요. 하지만 바꿔야 할 때는 꼭 바꿔야 해요. 그리고 또, 흐름이 자기에게 요구하는 걸 정확하게 봐야겠지요.

타이라 흐름? 조금 더 구체적으로 말씀해 주세요.

요시모토 흐름이란 기본적으로, 지금의 나로 말하면 야행성 생활로 돌아갔기 때문에 '밤에 일하고 싶다는 것, 저녁 6시 이후에 원고를 보내도 상관없는 상황을 만들고 싶다는 것.' 그런 거예요.
쓰는 일을 밤에 하고 싶다는 말은, 밤에는 사람과 만나지 않는 생활을 하고 싶다는 거죠. 흐름이 요구하는 것을 직시하면, 밤에 대담을 하고 술을 마시러 가는 생활로는 돌아갈 수 없고, 밤에 친구를 만나 수다를 떠는 생활로도 돌아갈 수 없죠.(웃음) 아침에 개운하게 일어나 빨래를 너는 생활도 할 수 없고. 자, 그렇다면 어떻게 할 것인가? 흐름이 자신에게 요구하는 생활과 일하는 방식은 저절로 알게 되죠.

아이가 어렸을 때는 아이가 어리다는 흐름 속에 있는 셈이니까, 아침에 일찍 일어나야 하잖아요. 그렇다면 낮잠은 언제 잘 수 있나, 언제 글을 쓸 수 있을까, 이 모든 것을 흐름과 더불어 고려해야 하죠.

아이는 어린데 굳이 야행성 생활을 고집하면, 흐름과 다른 일을 하게 돼요. 그러면 결국은 모든 것이 원활하게 돌아가지 않죠. 그러니 어쩔 수 없어요. 이런 때는 아침에 일어나는 것을 즐기는 수밖에 없다는 생각에, 사람을 여러 명 고용했어요.

그리고 지금은, 이제 그 생활은 그만해도 되겠다고 생각한 거죠. 그 때문에 폐를 끼치게 된 사람들에게는 미안하지만, 어쩔 수 없어요.

타이라 지금의 생활이 자신에게 보여 주는 '체험'을 정화해 가면, 본래의 흐름이 명확하게 보이겠군요. 바나나 씨의 말대로 '흐름을 본다.'는 것은 즉 '지금 눈앞에 나타나는 일을 정화하고 영감을 받아들이는 것'이라고 생각해요.
정화를 하다 보면 반드시 등장하는 단어가 '영감'이죠. 많은 분들이 '영감을 어떻게 받아들일 것인가? 어떻게 하면 영감을 통해 살아갈 수 있을까?' 하는 질문을 하는데요.
휴렌 박사나 KR 씨 바로 옆에서 두 분이 영감을 어떻게 받아들이고, 어떻게 정화하고, 어떻게 움직이는지를 직접 본 적이 있어요. 그건 그야말로, 바나나 씨 말처럼, 지금 눈앞에서 생겨나는 흐름 속에 있는 자기의 '생각' '저항' '불안'을 하나하나 정화하면서 그 흐름을 타는 듯한 상태였지요.

요시모토 흐름은, 잘 보면 알 수 있어요. 다만, 자신을 잘 보고 있지 않으면 잘못된 영감이 올 수도 있죠. 사실 저는 지금도 아침에 일찍 일어나는 사람을 엄청 동경하거든요. '아침형이 되자.' 하는 책을 읽고 그런 기분이 들기도 하고요. 충분히 그럴 수 있죠.
하지만 할 수 없는 건 할 수 없는 거지 뭐, 하고 포기하더라도 상관없으니까, 자신을 잘 알고 있으면 이상한 일은 생기지 않을 듯해요. 영감이라고 하면, 갑자기 찾아오고 갑자기 따르게 되는 이미지가 있는데, 무언가의 끝에 자연스럽게 놓여 있는 느낌이에요. 그렇게 갑작스럽게 찾아오는 게 아니죠.

타이라 저도 그렇게 실감하게 되었어요. 모두가 갓난아기 때부터 청사진을 갖고 있는데, '기억의 재생' 때문에 그 흐름에서 벗어나게 되는 것 같아요. 그걸 깨달을 때마다, 정화의 기회가 주어져요.

요시모토 갓 태어났을 때부터 성격은 변하지 않으니까요. 그건, 가혹할 정도로 그래요. 그야말로 청사진이라고 생각합니다.

타이라 거기에 온갖 기억이 쌓여서 흐름을 막고, 급기야 흐름이 보이지 않게 된 나머지, 다른 일과 다른 장소에서 애를 쓰게 되죠.

요시모토 힘이 들어가면, 다양한 영감이 들어오기도 힘들어지죠. 자신이 온전한 자신으로 있다는 것, 사실 그 상태는 매우 편한 거예요. 무엇보다도요. 자신을 누군가와 비교만 하지 않는다면 말이죠.

3

삶이 어려운 이유

우주의 법칙

타이라 이 책의 주제는 '진정한, 참된 자신을 살면 자신에게 최선인 인생이 실현된다.'는 것인데요. '진정한 자신이 싫다.'거나 '참된 자신을 사는 일에 불안을 느낀다.' 하는 사람들에게 조언을 부탁드려요.

요시모토 '진정한, 참된 자신'. 그런데 대부분의 사람들은 참된 자신과 만나고픈 마음이 별로 없는지도 몰라요.(웃음)

타이라 며칠 전에 바나나 씨에게 받은 메일에 '마음의

눈으로 본다는 것은 가혹한 일이다.' 하는 메시지가 있었는데, 참된 자신과 만나고픈 마음이 별로 없다는 것은, 자기 자신을 마음의 눈으로 보고 있지 않다는 뜻일까요? 만약 그렇다면, 참된 자신을 산다는 건 쉽지 않은 일이겠어요.

요시모토 아주 힘든 일이죠.

타이라 호오포노포노에서는 대개의 경우, 자신이 '참된 자신'이라는 강한 믿음이야말로 '기억이 보여 주는 것'이라고 해요. 반면 호오포노포노에서 말하는 '참된 자신'은, 정화를 통해 기억에서 해방된 상태에서 나타나는, 있는 그대로의 벌거벗은 자신이며 의식도 하기 전에 표현되는 부분이라고 하죠. 따라서 전자의 참된 자신은 '이상으로 꿈꾸는 자신', 그저 '기억'이 보여 주는, 진실과는 먼 곳에 있는 자신이라는 거죠.

요시모토 지금의 자기와 동떨어진 존재라고 믿고 있는, '공상 속의 참된 자신'인 거죠.

타이라 맞아요. 그리고 의식된 단계에서 전부 정화해

떨어 버림으로써 본래의 자신으로 점차 돌아가는, 또는 돌아가지 않을 수 없는 일이 주위에서 생긴다는 걸 실감하고 있어요.

요시모토 어려운 길이죠. 휴렌 박사도 말씀하셨어요. “어려운 길이지만, 하지 않는 것보다는 하는 편이 좋다. 쉽지 않은 길이고, 난관도 있지만 계속 해야 한다.” 하고요.
인간은 왜 태어났을까요? 결국 진정한 자신을 찾기 위해 태어난 거잖아요. 그 어려운 길을 걸으려는 사람들만 이 책을 읽으리라는 전제하에,(웃음) 어려워도 마주할 수밖에 없는 일도 있어요.

타이라 그럼요.

요시모토 얼마 전에 영감 형사*에 관한 책을 읽었는데요.

타이라 영감 형사?

---

* 『영감 형사의 고백 - 모든 것은 저 세상이 가르쳐 주었다』(아베 가즈오 지음), 저자는 전 미야기현경 경시정(대형 경찰서의 서장급)이다. 영계(靈界)의 목소리를 듣고 수사를 해결하며, 충격과 고뇌로 보낸 4년간의 고백을 담은 책.

요시모토 네, 형사인데, 들리지 않아야 할 목소리가 들리는 사람이에요.

타이라 실제로 존재하는 사람인가요?

요시모토 네. 평범한 형사였기 때문에 자기 머리가 이상해졌다고 여기곤 자살을 염두에 두기도 하고, 일을 그만두려고 하기도 하고, 여러 가지로 고통이 컸는데, 돌아가신 부모님의 "너의 부모로 살 때는 인간이었지만, 지금은 신이 되었다. 너의 그 능력은 일에 도움이 될 테니, 앞으로는 세상을 위해 진력하거라." 하는 말을 들었다고 해요.

그 외에도 여러 사람의 목소리가 들려서 방화나 살인 등 중범죄 현장에 가면, 죽은 사람이 '나는 이렇게 죽었다.' '남편이 아니다, 사실은 내가 저지른 짓이다.' 하고 목소리가 가르쳐 주었대요.

정말 힘든 일인데, 자신의 그 능력이 큰 도움이 되어 다행이라고 쓰여 있었어요.

타이라 고귀한 일이네요.

요시모토 그분의 말을 중심으로 생각해도 좋은지 어떤지는 별개의 문제지만.
이 세상의 법칙이랄까, 우주 같은 '눈에 보이지 않는 세계'는, 우리가 만드는 눈에 보이지 않는 기운 같은 에너지를 영양원으로 하고 있기 때문에, 우주를 향해 좋은 에너지를 많이 보내는 것이 인간이 있는 의미이며, 이 세상에 사는 모든 생물이 그렇다고 쓰여 있었어요.
좋은 기운은 우주를 살릴 수 있다고 해요. 그렇다면 어떤 의미에서 도구 같은 것이지만, 그러기 위해 인간이 있다는 것을 깨달았다고 하네요.

타이라 휴렌 박사나 KR 씨도 언제나 마지막에 '우리는 디비니티*의 도구'라고 하세요. "신성한 의지가 나를 통해 작용하는 상태가 최선이다. 그럴 수 있는 자신일 때, 최선의 상태에서 만사가 진행되고, 자신을 포함해 모든 존재가 자유로워질 수 있다."고요. 이것이야말로 우리가 '진정한 자신을 사는' 의미이겠죠.
그런데, 구체적으로 좋은 에너지를 보내려면 어떻게

* 신성한 존재. 모든 존재의 근원. 위대한 자연, 신, 우주 등 다양하게 생각할 수 있다. 영감을 보내는 부분.

해야 한다고 쓰여 있던가요?

요시모토 전직이 형사다 보니까, 살인이나 방화를 하지 말아야 한다고 쓰여 있었지만.(웃음)
지구 전체가 에너지 제조 공장이며, 인간은 우주를 유지하는 양질의 에너지를 최대한 많이 만들기 위한 하나의 도구라고 하네요. 그럴 수도 있겠다는 생각이 들었어요.
아주 오래전부터 카를로스 카스타네다의 돈 후앙 시리즈*를 공부하고 있는데, 사실 돈 후앙도 똑같은 말을 했어요.
이 세계를 만드는 것은 거대한 이글(독수리)이며, 그 이글은 우리가 열심히 살다가 죽어 좋은 혼이 되면 그걸 먹으러 온다는데, 그건 고대 아즈텍**의 전승이기도 해요.
영감 형사가 한 말과 아주 똑같죠.

---

* 페루에서 태어난 미국 작가이며 인류학자의 일련의 저작물. 야키족 인디언 주술사 돈 후앙 마투스 밑에서 수련한 체험을 기술했다. 사회학과 인류학의 필드워크를 바탕으로 한 르포르타주.

** 아즈텍족은 멕시코 중앙고원 호수의 한 섬에 도시를 건설하고, 주변의 부족을 정복하며 지배 영역을 넓혔다. 15세기에는 멕시코 고원 일대를 지배하며 거대 도시 제국을 구축했다. 16세기 초엽, 스페인에 정복되어 멸망했다.

타이라 좋은 에너지를 제조하는 공장이라니까, 바로 이해가 되네요. 좋은 기운이 흐르는 곳이나 사물, 인간에 대해서 사실은 모두가 아주 민감하잖아요. 그러니까 마음속에 어떤 불만을 계속 품고 있거나 좋지 않은 생각을 하면, 몸 상태도 안 좋아지죠. 그렇다는 걸 인식하면 또 정화하는 그 반복이 필요합니다.

요시모토 좀 더 극단적으로 말하면, 살인이나 사기 같은 나쁜 에너지가 대량으로 발생하면 우주 전체가 오염되니까, 신이나 우주도 곤란해지겠죠. 인간이 역경을 무릅쓰면서도 성장해야 하는 이유는, 태어난 목적이 좋은 에너지를 만드는 것에 있기 때문이라고 했는데, 정말 그분 말이 옳다고 생각해요.

타이라 인간의 악의에 관한 일을 계속했기 때문에 깨달은 거네요.

요시모토 그분이 직접 보고 들은 것만 얘기하고 있어서, 오히려 설득력이 있다고 할까.
그 책에 개미 얘기가 나오는데요. 집을 새로 지어 마당에 잔디를 깔았더니, 개미가 집을 짓기 시작했대요.

그 개미 떼를 보고 있자니 얼마나 열심이고 귀여운지, 그래서 칭찬을 해 주고 싶었는데, 점차 개미 떼가 늘어나고 개미집이 커지면서 잔디가 망가지고, 집에도 들어오고, 결국은 살충제를 뿌리지 않을 수 없었대요.
그런데 만약 개미가 인간이고, 마당은 지구고, 자신은 영계의 신이라면, 같은 일이 벌어지지 않겠나? 인간의 좋지 않은 기운으로 지구를 계속 오염시키면 같은 일이 벌어질 거라고 생각했대요.
당연한 일이지만, 마음이 낮은 곳에 있으면 나쁜 것들과 접촉하게 되고, 그 반복이 악순환을 불러 영혼이 오염되어 가죠. 그러나 좋은 상태에 있으려 하면 좋은 에너지가 점점 생겨나고, 위쪽에서도 도와주게 되죠.
호오포노포노의 개념과 그리 다르지 않다고 생각됩니다.
이 책을 예로 든 것은, 나 역시 같은 생각을 하기 때문이에요. 왜 인간은 괴로워도 진정한 자신을 만나지 않으면 안 되는가, 왜 좋아져야만 하는가, 그건 우주의 법칙이 그렇기 때문이라고밖에 대답할 말이 없죠.
그러니 힘들고 괴로워도 진정한 자신과 마주하고, 그 사람이 지니고 있는 특유의 노이즈를 줄여서 최대한 자기의 본디 모습으로 성장해 가는 것. 그건 자기 욕망을 위해서가 아니라, 지구를 좋게 하려는 본능의 작용이 그렇기에 필요한 일이에요.
지구나 우주, 환경, 세계, 그런 것들을 위해, 가령 한 사람이 참된 자기로 돌아가면, 주위에도 선한 영향을 미치죠. 그런 모든 것을 책임감 있게 행하는 것이 '진정한 자기를 만나는' 일이라고 생각합니다.

타이라 그야말로 '평화는 내게서 시작된다.'*는 것이군요.

요시모토 그러니 자기를 싫어해 봐야 소용없고, 도망칠 수도 없다고 생각해요. 인간의 인생은 자기 스스로를 끝까지 사는 것 외에는 할 수 있는 일이 없게 만들어져 있어요. 그게 우주의 법칙이라고 생각하면 알기 쉽겠죠.
진정한 자기를 사는 것에 불안을 느끼는 사람은, 결과적으로 마냥 같은 곳을 맴돌 뿐이에요. 그야말로 기억의 재생이죠.

---

* 호오포노포노에서 반복적으로 전해져 내려오는 메시지. 원래 모든 것은 완벽하므로, 그렇게 체험하지 못하는 자기 기억을 계속 없애 나가면 모든 존재에게서도 그 기억은 소거된다.

다만, 끝까지 불안에 갇혀 있을 자유도 우리 인간에게는 허락되어 있어요.

노이즈를 줄인다

타이라 기억이 재생될 때는 빙글빙글 도는 듯한 영상을 계속 보게 되잖아요. 그리고 조금 전에 영감 형사도 지적했듯이 나쁜 에너지가 발생되어, 무슨 일을 해도 잘 풀리지 않죠.
그런 때 저는, 휴렌 박사가 했던 질문을 나 자신에게 물어봐요.
"사랑이냐 기억이냐?"
어느 쪽을 선택할 것인가? 제 인생이 어떤 상태에 있던 '사랑'을 선택하는 순간부터, 설령 그게 입으로만 하는 말에 불과하더라도, 왠지 '흐름'이 바뀌어요. 신기하죠. 갑자기 행복해지는 것은 아니지만, 문제가 형태를 달리해서 나타나기 시작해요. 그 내막을 알 수 있게.
그리고 그 순간, 정화의 기회가 찾아오죠. 그렇게 자

신과 마주하면, 또 신호가 찾아오고요.

요시모토 그래요. 마주하자고 결정했기 때문에, 신호가 명확하게 오는 거겠죠. 귀를 막고 도망치려고 하면 신호를 인식할 수 없기 때문에 또다시 같은 고리 안에 들어가고 말아요.
바로 그런 게 버릇이며 노이즈가 아닐까요?

타이라 그래요, 버릇이죠. 기억의 고리 안에 있는 버릇이 너무도 깊이 뿌리 박혀 있어요. 정말 지겨울 정도입니다. 하지만 그 버릇 속에 계속 있다 보면, 거기에서 벗어나고 싶고, 상쾌한 공기를 마시고 싶다는 생각이 저절로 들죠. 그런 때, 정화를 통해 돌아갈 수 있어요.

요시모토 자기와 마주하면서 정화를 계속하면 노이즈가 줄어들어요. 그리고, 그렇게 노이즈를 줄여 가는 것이 인생의 한 목적이라고 생각합니다.
아주 간단히 말해서, '날씨가 어떻든 구름 위는 화창하게 개어 있는' 것과 마찬가지로, 그걸 알면 구름이 끼든 비가 내리든 신경이 쓰이지 않죠.
인간에게 인생은 한정되어 있으니, 노이즈를 최대한

줄이는 것밖에 할 수 없지만, 그래도 하는 편이 좋죠. 하지만 '왜 꼭 그래야 하느냐?'고 하면, 아마 신은 '언제까지나 같은 자리를 맴돌고만 싶다면 상관없지만, 이제 대충 싫증 나지 않았나요?' 하고 대답하고 싶겠죠. 우주, 신, 우니히피리, 아무튼 자기의 진정한 모습은 지속적으로 그렇게 대답하리라고 생각해요.

타이라 또 한 가지 배웠네요.

원활하게 진행되지 않을 때

타이라 바나나 씨는 평소 위대한 자연과 신, 인간의 지혜를 넘어서는 눈에 보이지 않는 존재를 어떻게 느끼며 지내시나요?

요시모토 '이건 진짜네.' 하는 걸 접하면 몸으로 아는 것 같아요. 하지만 그러기 위해서는 '정말 진짜네.' 하는 것 외에도 많은 것을 봐야 하죠.

그래서 더욱이, 많이 보는 쪽에 정신을 팔아서는 안

된다고 생각해요. 자연 속에는 갖가지 다양한 것들이 존재하잖아요.

다만 '진짜'에 가까운 청정한 공간에 있으면 효율이 좋고, 어떤 유의 합리성이 작동하는 곳에는 우주의 법칙도 틀림없이 깃든다고 생각해요.

타이라 '효율'이 좋다는 말이 와닿네요. 거대한 흐름 속에 있는, 스트레스가 없는 상태. 호오포노포노에서 표현하는 것과 같아요.

휴렌 박사가 'disease(병)'이라는 말을 'dis－ease'라고 쓰고, 'ease = 쾌적함과 평안함'이 없는 상태라고 자주 말씀하세요. '기억'으로 막혀 흐름이 정체되니까 병이 생기고. 병이란 몸만이 아니라, 마음, 인간관계, 금전 문제, 일, 모두 해당되죠. 그러니 정화를 해서 흐름을 회복해야 한다는 거죠.

요시모토 그러면 효율이 좋아지죠. 원활해진다고 할까. 그건 체감이라는 말로밖에 표현할 수가 없네요. 원활하지 않은 상태가 나쁘다는 게 아니라, 원활하지 않을 때는 그 사람이 그런 단계에 있다고 해야 하나, 노이즈를 배우는 시기라고 생각해요.

예를 들어서 지인 중에 타이밍이 정말 안 좋은 사람들이 있어요. 외출하면서 추우면 안 되니까 코트를 입고 스카프까지 둘렀는데, 제일 추운 때 하필 택시에 두고 내린다거나, 가 보니 가게 문이 닫혀 있다거나. 여러 가지 계획을 세울 때도 빠듯하게 세우고. 거슬러 계산해서 몇 시에 일어나야 하는지를 따져 보고는 잠도 잘 못 자거나.

그런 사람을 옆에서 보고 있으면 도무지 마음이 편치 않아요. '빠듯하게 하는 걸 좋아해서' 그러는 게 아니라, '너무 싫어서 죽겠는데, 이렇게 하지 않으면 안 된다.'는 식의 강박적인 사람이 꽤 있어요. 모든 것을 여유롭게 생각지 않고, 빠듯하게 생각하니까 어긋나는 거죠. 그런 사람에게는 '어떻게 저런 일이 생겼을까?' 하고 의아할 정도로, 타이밍이 좋지 않은 일이 반드시 생겨요.

그런 경우를 볼 때마다, 우주의 섭리라는 게 참 잘 만들어졌다는 생각이 들어요. 생명에는 지장이 없으니까 놀이의 하나로 파악할 수도 있겠지만, 우주나 신의 놀이라고 할까, 아무튼 정말 신기할 정도예요.

하지만 만약 '아무것도 하지 않아도 어떻게든 되는' 상황을 정말 신뢰할 수 있다면, 의외로 원활하게 흐르지 않을까요? 그러니까 최대한 그 느낌을 체감하는 것으로, 진정한 자신과 인생이 편해지지 않을까 합니다.

이 나라는 살기 어렵다?

<u>요시모토</u> 여자들끼리 만나 한잔하면서 즐겁게 놀다 보면, '우리 다음에도 이렇게 또 만나자.' '석 달 후, 오늘.' 하고 다음으로 이어지게 하려는 움직임이 생겨서 점차 가슴이 답답해질 때가 있어요. 한마디로, 굴레라고 할까요?

나는 다시 만나자는 그 시간에, 실제로 98%는 일이 있어요. 가령 그 시간이 비어 있어도 '일이 좀 있어서.' 하면서 거절하기도 하는데, 뉴욕에 사는 마스터 힐러 고바야시 겐* 선생님이 이렇게 말씀하더군요. "그런 때 일본 사람은 흔히 '일이 있어서'라고 대답하는데, 그건 좋지 않아요. '실은 그날 내가 뭘 하고 싶은지 아직 정하지 못해서.' 하고 말하면 되잖아요."

---

* 뉴욕에서 자연치료법 의사로 활동하는 마스터 힐러. 몸의 증상과 그 원인을 동시에 치료한다.

그 말씀에 중요한 포인트가 있어서 무척 놀랐어요. 그가 사는 뉴욕이라는 '외부'에서 일본 사람을 많이 보면서 그렇게 생각한 것이겠죠. 그 후로는 '그때 뭘 하게 될지, 아직 잘 몰라서.' 하고 솔직히 말하려고 하고 있어요. 그렇게만 해도 마음이 개운해지는 정도가 다르더군요.

타이라 그 순간에는 용기가 필요하지만, 나 자신에게나 타인에게 솔직할 수 있다면, 관계도 미래도 아주 자유롭게 확대될 것 같네요.

요시모토 저는 이탈리아에 자주 가는데, '이 사람 집에 다시 가게 될 기회는 오지 않겠지.' 하는 집에 더 잘 가게 돼요.

레스토랑에서 식사를 한 후에 집에 잠깐 들르는 거죠. 문화의 차이 때문인지, 꼭 그런 때가 있어요. 싫어하지도 않고요. 아아, 유럽에서는 내가 두 번 다시 만나지 못할 사람 집에 참 많이 간다 싶더군요. 하지만 상대도 물론 "또 와요." 하고 말하고, 나 역시 "또 올게요." 하고 말합니다.

그런 한때가 얼마나 풍요로운 것인지. '언젠가 또 가

야지.' 하고 생각하게 되잖아요.

일본 사람은 굴레를 잘 만드는 민족이라는 걸 실감했어요. 뭐든 고정하고 싶어 한다고 할까. 섬나라라서 그런지, 유연성이 없다는 느낌이 많이 들어요.

타이라 "다음에 언제 만날까? 다음에는 그걸 할까? 이렇게 할까?" 하고 구체적으로 말이 나오면, 벌써 피곤해지는 경향이 있죠.

요시모토 타이완은 비교적 굴레가 많지 않은 느낌이에요. 역시 남쪽이라서 그런 걸까요?

타이라 듣고 보니 그런 것 같기도 하네요. "또 만나자." 고들 모두 가볍게 말하지만, 아무렇지 않게 잊어버리고, 그다음 움직임이 조성될 때까지 아주 느긋해요. 다시 만날 수 있다는 걸 진심으로, 그리고 의심 없이 믿기 때문에 다음 약속을 정하지 않아도 불안해하지 않고, 긴장감도 덜한 듯해요.

요시모토 서로가 직감을 믿는다고 할까. 그런 느낌이 있어서, 나도 타이완에 있으면 편해요.

타이라 이 날 이 시간에 꼭 이런 일을 하지 않으면 이 다음이 없다는 절박함이 없죠.

요시모토 '아, 못 오는구나.' 하면 끝이잖아요. 그래도 별 상관없다는 식으로. 그래서 일본의 그렇지 않은 부분이 내게는 아주 고통스러워요.
나는 잘 모르겠지만, 좋은 점도 여러 가지 형태로 있겠죠. 다만 일본은 아무래도 자잘해지기 쉽잖아요.

타이라 호오포노포노로 정화할 때도 그런 생각이 들곤 해요. 나도 모르게 정화하는 것 자체가 작고 미세하고, 엄격해지는지도 모르겠네요.

요시모토 맞아요. 정화도 작아지는 경향이 있죠.

타이라 KR 씨도 말씀하세요.
"지금, 당신이 자연스럽게 인식하는 체험을 정화하는 것이 당신의 우니히피리에게 가장 중요하고 안심을 느끼게 하는 일."이라고요.
이것저것 다 정화하려고 할 때야말로, 거대한 흐름에

서 벗어나 있는 듯한 느낌이 들어요.*
저를 포함해서, 아주 단순한 정화의 방법에도 규칙을 붙이는 사람들이 의외로 많을지도 모르겠어요.

요시모토 유럽에서는 저녁때 외출을 하려면 옷을 갈아입어요. 그건 규칙이기 전에 아주 당연한 일이죠.
'앗, 저녁때네. 옷을 갈아입어야지.' 자연스럽게 그런 즐거운 기분이 들죠. 게다가 대충 입어도 괜찮아요. 약간 예의를 차린 옷으로 보이는, 적당한 선이면 돼요. 티셔츠는 좀 실례가 될까, 하는 정도로. 세세하게 맞추지 않아요.
그런데 일본에 만약 그런 룰이 있다면 다들 고민이 많아질 것 같아요. 굳이 그렇게까지 하지 않아도 되는 세세함이 생겨난다고 할까. 그냥 깔끔한 차림으로는 안 될 듯한.

타이라 그렇네요.

---

* KR 씨는 "호오포노포노를 실천하기 시작했는데, '모든 기억을 소거하지 않는 한 행복해질 수 없다!'면서 초조해지거나 과민해졌다고 느껴지는 때가 있다면, 역시 정화할 기회!"라고 해요(타이라).

요시모토 아주 비슷한 예라고 생각되는데, 일본의 채식주의자는 처음부터 "이거, 이거, 이거는 못 먹어요." 하고 선언하면서 테이블에 앉는 사람이 많다는 느낌이에요.

하지만 외국에서는, 식사가 거의 끝나갈 무렵에 "아 참, 당신 채식주의자였지. 그래서 샐러드밖에 안 먹은 거네." 하는 경우가 많은 듯해요. "이건 못 먹는다." 하고 일일이 말하지 않죠. "생선은 사양할게요, 샐러드로 충분해요." 하는 자연스러운 느낌. 그 자리의 한때가 아주 자연스럽게 흘러가죠.

타이라 일본의 음식점에서 긴박한 대화가 오가는 걸 본 적이 있어요.

요시모토 꼭 저렇게 겁나는 표정으로 '노'라는 말을 해야 하나 싶은 사람이 꽤 많아요. 그런 소통 방법을 취하면, 결국 시간과 기분이 빡빡해지잖아요. 각자가 나름대로 좀 더 자연스러울 수 있으면 좋겠어요.

타이라 호오포노포노에서는, 좋은 일이 있으면 부정적인 요소도 동시에 발생한다고 말해요. 그렇다면 무언가에 대해 세세하게 좁히면 좁힐수록, 반대 요소도 좁아지겠죠.

요시모토 그렇죠. 세세하게 정하면, 전체가 흐름을 타지 못하고 작아지겠죠. 커다란 흐름 속에서 일어나는 일에 대처하는 편이, 인간으로서 성장하는 길이라고 생각합니다.
모두가 좀 더 자기답게, 각자가 그 사람다웠으면 좋겠어요. 차림새든 생활 방식이든. 외국에 가서, 아주 행복하게 자기 머리색과 눈의 색, 몸매에 맞는 옷을 즐기는 사람들 모습을 보면, 그런 생각이 더욱 들죠.
지금은 그런 시대잖아요. 여자가 몇 살이 되면 선을 봐서 시집을 가야 한다, 이미 그런 시대는 지나갔고, 직업도 자유롭게 선택할 수 있죠.

타이라 정말 그래요. 그 점에서는 정말 축복받은 세대라고 생각합니다.

요시모토 남녀 성별에 관계없이, 뭐든 다양하게 할 수 있는 시대가 되었는데, 인간만 뒤떨어진 듯하니.
개는 줄곧 케이지에 넣어 두면, 문을 열어 줘도 주춤

거리면서 케이지에서 나오지 못하기도 한대요. 일본의 젊은이들이 지금, 그와 비슷한 인상이에요.
어쩌면 그게 바로 정화해야 할 '나의 기억'인지도 모르겠군요.

타이라 호오포노포노에서 '우리는 모든 역사에서 발생한 체험을, 기억의 재생을 통해 재차 체험하고 있다.'고 말하듯이, 지금 생활에서 자유롭지 못한 것, 부자연스러운 것은 모두 정화의 대상이죠.

보이지 않는 구속

요시모토 그리고, '그냥 즐겁다.' 하는 기분을 좀 더 많이 느낄 수 있으면 좋겠어요. '고생 끝에 낙' 그런 게 아니라.

타이라 순수하고 감각적인 즐거움을 얘기하는 거죠? 앞에서 말씀하신 '즐거움에 대한 집착'과 어떤 관계가 있을까요?

요시모토 일본은 전쟁에 패한 나라예요. 그게 큰 요소라고 생각합니다.

사람들이 개인적으로 노력하지 않아서 이렇게 된 게 아니에요. 전쟁에서 졌기 때문에 이긴 나라의 말을 들어야 한다는 전제하에 자란 세대잖아요. 멀리에 명령하는 쪽이 있고, 또 그 사람들을 위해서도 '열심히 일해서 돈을 벌어야 한다.' 하는 가치관과, 이긴 나라 사람들도 그런 성공을 추구하는 가치관 속에서 살고 있으니, 이중의 구속을 받는 셈이죠.

그래서 '더 일하고 더 벌고 더 관리하기 쉽게 하세요.' 하는 그쪽의 명령을 전달하는 사람들과, '일해서 부자가 되어 이런 생활을 하고 싶다.' 하는 그 나라 사람들의 소망과 기본적인 자세가 무언의 압박으로 전달된 세대니까, 그 양쪽에 구속되는 건 당연한 일이죠.

타이라 그런 생각은 해 본 적이 없어요.

요시모토 모두가 유연성이 없어서, 모두가 자질구레하게 굴어서, 그런 이유만으로 이런 나라가 된 게 아니에요.

이건 딱히 반미 감정이 아니라, 그냥 당연한 보통 일이에요. 전쟁에 졌을 뿐이죠.

타이라 제가 때로 느끼는 사회의 기풍이, 설마 패전이라는 역사와 연결될 줄은 몰랐어요.

요시모토 또 '그런 건 깊이 생각하지 마세요.' 하는 교육도 철저하게 받았으니까.

타이라 무언가를 느낄 때, 휴렌 박사와 KR 씨는 "그 체험의 진짜 원인을 우리는 모른다. 하지만 그때 정화를 하는 것은 역사를 정화하는 일이기도 하다." 하고 입에 침이 마르도록 말씀하시는데, 학교에서 역사를 배우거나, 텔레비전에서 패전 몇 주년 특별 프로그램을 보거나, 할머니에게 당시 얘기를 얼핏 들은 일은 있어도, 패전의 영향에 관해서는 전혀 의식하지 않는 인생을 살아왔어요. 하지만 모든 역사 끝에 지금 자신이 있는 셈이니, 다 이어져 있는 것*이로군요.

---

* 'I know nothing.' 휴렌 박사는 '나는 아무것도 모른다.' 하는 상태가 정화를 하는 데 아주 중요하다고 합니다. '모른다.'는 지혜가 정화를 할 때 그 일이 생긴 진짜 원인에 직접 작용할 수 있기 때문이에요. 우리는 문제가 발생하면 '이 일은 이런 원인 때문에 생겼다.' 하고 바로 판단하려는 경향이 있는데, 그런 때 문제의 진짜 원인과 역사를 아는 우니히피리는 아예 무시된 상태죠. 그러기 전에 일단 '나는 아무것도 모른다.' 하는 데서부터 정화를 해 봅니다(타이라).

요시모토 잘 생각해 보면, 모두가 저항할 거 아니에요? 그런데 '졌으니 저항하지 않는 게 기본입니다. 어느 정도는 자유도 있고, 얘기도 잘 들어드리죠.' 하는 전제하에 자랐으니, 역시 우리가 받아들여야만 했던 거죠.
다만 '순순히 받아들일 것인가, 받아들인 다음 어떻게 행동할 것인가, 다른 나라로 이주할 것인가?' 등 여러 가지로 생각할 수 있겠지만, '전쟁에 졌다, 여러 가지 조건이 제시되었다, 그 조건 속에서 일궈 낸 고도성장기였다.' 하는 사실은 아무도 바꿀 수 없어요.
그런 사실 안에서 '어떻게 살아갈 것인가?' 하는 문제는, 역시 개개인이 생각해야 하는 문제죠. 그런 상황에서 성장해 가치관을 세뇌당했다는 것은 어쩔 수 없는 일이에요.

깎여 나간 본능

타이라 우리는 우니히피리를 잘 돌보지 않은 채, 화려함과 금전적인 풍요로움을 우선시하곤 하죠. 그 또한 세뇌된 가치관의 영향이 크겠죠.

요시모토 화려함과 부유층에 대한 선망은 전쟁에 진 우리가 가장 크게 영향을 받은 부분이라고 생각해요.

타이라 그 사실을 알고만 있어도, 자기를 잃지 않을 텐데요.

요시모토 집에서는 빨 수 없는 소재의 아름다운 옷을 입고 부자처럼 생활하는, 소위 아메리칸 드림*이라고 하는 것이죠.

타이라 과거에 제가 봐 온 풍요로운 생활에 대한 선망과, 사소한 사건에서 느꼈던 아픔과 비참한 기분……. 다른 많은 분들도 비슷하게 느끼는 부분이군요.

---

* 미합중국이라는 자유와 평등의 나라에서 민족과 국적에 관계없이 근면과 노력으로 성공을 거머쥐고 큰 꿈을 이루는 일.

요시모토 소외감이기도 하고.

타이라 맞아요. 패전국에서 살아온 무수한 사람들의 기억과 체험을 온갖 곳에서 감지하는지도 모르겠어요.

요시모토 정말 깊은 곳을 들여다보면 그렇죠. '미국인이 꿈꾸는 아메리칸 드림을, 전쟁에 패한 우리가 자연스럽게 물려받았다.' 그런 거라고 생각해요.
하지만, '그렇다면 어떻게 할 것이냐?' 하는 문제는 개개인에게로 돌아가죠. 개인이 그 문제를 어떻게 받아들일 것이냐.
그런데 우리가 '멋지다.'고 생각하는 것은 미국의 셀럽 같은 것. 예를 들면 힐튼 자매** 같은 사람. 절대 기네스 펠트로***가 아니죠. 또는 안젤리나 졸리****적인 것, 또는 휘트니 휴스턴*****적인 아프고 괴롭지만 화려하고 충족

** 다양한 스캔들로 한 시대를 풍미했던 자매. 힐튼 호텔 창업자의 증손녀로 유복한 가정에서 자랐다.

*** 아버지는 프로듀서, 어머니는 여배우인 연예인 집안에서 태어났다. 겸허한 유대가계를 자랑스러워하며 자라 여배우가 되었다.

**** 태어나고 얼마 안 되어 부모가 별거, 사춘기에는 자살 경향이 있는 우울증에 시달리면서도 모델을 거쳐 여배우가 되어 주역을 따냈다.

***** 가수인 어머니와 나이트클럽에서 노래하다가 스카우트되어 데뷔. 데뷔 앨범이 세계적으로 대히트했다. 대마와 코카인 상용으로 48살에 세상을 떴다.

된 생활에 대한 동경도, 우리는 교육 과정에서 물려받았는지 몰라요.

'돈만 있으면 좋아진다.' '잘 생기고 인기가 있으면 풍족하게 살 수 있다.' 이 두 가지 세뇌는 정말 진지하게 의식하면 비교적 빨리 벗어날 수 있을 것 같아요.

타이라 그 점에 대해서 좀 더 자세하게 얘기해 주실 수 있을까요?

요시모토 예를 들어서, 두 회사가 합병되면 기본적으로 규모가 더 큰 회사의 규칙이 적용되잖아요.

큰 회사가 작은 회사를 매입하면, 그 작은 회사에도 나름의 방식과 규칙이 있었을 테지만 큰 회사의 방식에 맞추게 되죠. 지금까지 유지했던 논리와 미덕이 전부 무시되고, '이쪽에 맞춰 주세요, 그렇게 계약했으니까.' 하는 일이 발생하는 것과 똑같아요.

요컨대 졌다는 것은, 어느 정도 맞춘다는 것에 합의했다는 뜻이죠. 민주주의 국가였기 때문에 그렇게 노골적으로 드러나지는 않았지만, '이긴 나라에 도움이 되는 일을 하시죠. 그렇게 약속했습니다.' 하는 시대를 우리는 살아왔어요.

물론 미국은 넓은 나라이고 일본도 넓으니까 그 틀 밖에서 사는 사람도 있겠지만, 큰 틀 안에서는 많든 적든 영향을 받고 있죠. 따라서 모국을 위해 충실하게 일해 경제를 발전시키는 ― 요컨대 일본은 하와이주 같은 거예요. 하와이는 독자적인 문화를 갖고 있지만, 미국이잖아요 ― 기지도 있고, 미국의 법률하에 있고. 일본은 표면적으로는 그렇게 되지 않았지만, 유사한 상황이라고 생각해요. 결과적으로 '이쪽 말을 들으세요.' '네.' 하는 계약서를 상호 나눈 것이나 다름없으니까.

우리는 그 세대의 다음 세대 정도라고 할 수 있어요. '전쟁에 지기는 했지만, 이미 끝난 일.'이라고 말하고 싶죠. 하지만 그렇지 않아요. 법률도 영향을 받지 않을 수 없고, 이긴 쪽에 도움이 되는 움직임을 보여야 하는, 눈에 보이지 않는 계약 속에서 살고 있어요.

우리 부모 세대는 '전쟁의 폐허에서 부흥'이라는 기치에 가려 알기 어려웠겠지만, 사실 우리 세대에 전쟁에 진 나라라는 사실이 보다 충격적으로 다가왔죠. 게다가 지금은 미국이 세계 최강국에서 밀려나고 있는 상태니까, 그 영향도 받지 않을 수 없죠.

모두가 '좀 더 이러저러하게 살고 싶은데, 왜 이 모양

일까?' 하고 있는데, 대부분의 답은 거기에 있어요. 결국은 '개인이 할 수 있는 것은 없나?' 하는 얘기가 되겠죠.

의문을 지닌 사람들은 해결하고자 하는 생각으로 살고 있겠지만, 어릴 때부터 봐 온 텔레비전이나 여러 매체의 영향에서 벗어나지 못하니까, 그 해결법조차 결국은 '돈이 생기면 좀 더 좋은 곳에서 산다.' '넓은 곳에 살면서 가사도우미를 고용한다.' 하는 미국 편향적인 꿈으로 치우치지 않을 수 없어요. 모델이 그거니까.

타이라 일본 사람이 '노'라는 말을 하지 못하거나, 자기가 뭘 좋아하는지 모르는 사람이 많은 것도 그 영향일까요?

요시모토 적어도 전쟁에 졌다는 이유가 없지는 않겠죠. 상당히 큰 문제입니다.

하와이 원주민*들이 옛날에는 그렇게 뚱뚱하지 않았

---

* 원래 하와이는 태평양의 섬 폴리네시아인들이 바다를 건너 이주한 곳이었다. 그들은 전통을 유지하면서 생활했는데, 1778년 제임스 쿡의 상륙 이후, 근대화의 파도에 휩쓸렸다. 1900년에 미합중국의 영토에 편입되었다.

을 거예요. 미국의 식품이 들어오기 전에는. 물론 타로[**]만 먹고도 체격이 커지기는 했겠지만.

타이라 다른 형태로 커졌겠죠. 좀 끔찍한 얘기네요.

요시모토 뭔가를 빼앗겼기 때문이지 않겠어요? 야성이나 본능, 자립을 추구하는 정신, 자기 문화를 소중히 여기는 마음이 과도하면 결과적으로 반미가 될 테니까. 교육을 통해서 깎아 내야 했겠죠.

우리도 그런 식으로 깎여 나갔기 때문에, 일본 사람이 원래 갖고 있던 본능과 감각 같은 것을 발휘하게 되면 곤란했는지도 모르죠.

타이라 지금의 일본 사회가 그런 거군요.

요시모토 독자적인 본능과 감각을 깎아 내기 위해 '이래야 합니다.' 하는 교육을 장기간에 걸쳐 실시했고, 그 결과가 우리예요.

반미적인 발언으로 들릴 수 있겠지만, 절대 그런 게 아

** 폴리네시아에서 들어온 주식(主食)으로, 하와이의 전통적 식자재다.

니라, 우리에게 그런 경향이 있다고 생각할 뿐입니다. 이빨이 뽑혀 야성을 잃은 것처럼.
하지만 '개개인이 개개인의 인생에서 조금씩 되찾는 것'도 전혀 불가능하지 않아요. 그렇게 해서 앞으로의 아이들이 국경 없는 새로운 시대를 만들어 나가는 거라고 생각해요.

우니히피리를 돌보고 사랑한다

타이라 이미 그런 규정이 있는 일본 안에서, 또는 회사나 학교 등의 조직 안에서 '자기를 사는 것'은 가능할까요?

요시모토 각자가 각자로 돌아가고, 각자에게 '나의 평화'가 있다면 세상은 조금씩 변해 가겠죠. 자리 잡아야 할 곳에 자리를 잡게 될 거예요. 이건, 호오포노포노의 가르침의 근간이기도 하지 않은가요?

타이라 호오포노포노에서는 '평화는 내게서 시작된

다.'는 것을 지속적으로 배워요. 그리고 그 '평화'는 기억을 기반으로 하지 않으며, 우리의 이해를 넘어선 '평화'라고요.
이번 대담을 시작하기에 앞서, 과거의 메일을 좀 살펴봤는데요. 휴렌 박사가 바나나 씨와 제게 보낸 메일이 받은 메일함에 남아 있었어요.
그 내용이 지금 바나나 씨가 한 얘기와 맞물리네요.
"Love and care of the Unihipili make freedom of the self and the cosmos possible."
다시 말해서, '내면아이, 우니히피리를 돌보고 사랑하는 일은 자기 자신과 우주를 해방으로 이끈다.'고 하네요.

요시모토 정말 그렇죠. 그게 근간이라고 생각합니다. 저도 옛날에 머리로만 생각하던 시절이 있었어요. 미국에 어머니와 아들 모두 영적으로 발달한 분들이 있는데, 아는 사람의 파티에서 그 아들과 함께하게 되었어요. 그때 일이 가끔 아주 리얼하게 되살아나는데요.
"우리 어머니가 당신과 얘기를 나누고 싶다는데요." 해서 전화를 받았어요. 당시에 그분이 이미 연로하셨으니까, 지금은 돌아가셨는지도 모르겠군요.

쫓기듯이 일하던 때라, "잠시 일을 쉴 수 있게 아이가 생겼으면 좋겠어요." 하고 그녀에게 말했어요. 그랬더니, "당신은 지금 아이가 어쩌고 할 상태가 아니야. 우선은 릴랙스하도록 해요. 반드시 아이는 생길 테지만, 지금은 아니야. 당신은 자기 인생에 대해 릴랙스해야 해요." 하는 말을 들었어요.

아이를 수단으로 삼으면 안 된다는 거죠.

통화도 처음이었고, "여보세요." 하는 한마디를 했을 뿐인데, 그것도 일본말로요. 그런데 어떻게 거기까지 알 수 있는지. 물론 그런 능력이 있는 분이니까 그렇겠지만, 그때 억지를 부려 가면서 아이를 가졌다면 지금의 남편과 아이를 못 만났겠죠.

그 후에, 상징적이지만 쓰러져서 두 번이나 입원했어요. 이대로 가다가는 세 번, 네 번, 다섯 번도 입원하게 되겠다는 위기감에 아무튼 건강을 회복하려고 여러 가지를 시도하던 중에 롤핑*을 하는 남편을 만났어요. 그러니까 내가 나 자신을 돌보려 하지 않았다면 절대

* 생화학자 아이다 롤프 박사가 창시한 바디워크. 전신의 근육을 감싸는 '근막'의 균형을 잡아 중력과 조화를 꾀한 몸을 지향하고, 더 나아가 '감각'과 '동작'에 작용함으로써 몸이 지닌 원래의 힘을 일깨운다. 통증과 좋지 않은 몸 상태의 원인인 습관을 살펴 쾌적하고 편한 자세, 움직임을 지향한다.

만날 수 없었던 거죠.
한 1년 정도 매일 나 자신을 돌봤어요. 에스테틱 숍에도 다녔고, 마사지도 받았고. 아무튼 여러 가지 치료법을 시도해 봤어요. 그러다 남편을 만났으니까, 정말 자기가 변화하지 않고는 아무것도 시작되지 않는다고 생각해요.

타이라 그리고 자기가 자기 자신에게 사랑받고 있으면, 즉 우니히피리를 돌보고 있으면, '최선의 형태와 타이밍에 좋은 일이 생긴다!' 정말 그러네요.

요시모토 저처럼 '아, 아기가 생기면 쉴 수 있는데, 아기에게 애정을 더 쏟기 위해 내 시간을 만들 텐데, 그 길밖에 없어!' 하는 발상으로는 아기가 찾아올 리 없는데, 머리로만 그렇게 생각하고 있었어요.
그때 나는 나 자신을 돌보지 않았고, 사랑하지도 않았죠. 그렇게 바쁜 상황으로 자기를 몰고 가는 것 자체가 애정 부족이죠. 빨리 죽어도 괜찮다는 생각까지 했으니까. 오래 살지 못할 거라고.
그런 생각은 아이를 원하는 마음과는 모순되잖아요. 그런데도 20대에 낳아야 편하다느니 체력적으로 어떻다느니, 그렇게 머리로만 생각했어요.
지금은 당연히 크게 잘못된 생각이라는 걸 알아요. 그때의 나같이 인생을 머리로 생각할 게 아니라, 자기를 자유롭게 풀어놓는 게 가장 중요합니다.
그리고 그 사람의 '동경'과 절대 100% 일치하지 않더라도, '정말 동경하는 거였나?' 하는 의문까지 포함해서, 재고할 부분이라고 생각해요.

본능을 잊지 않는다

타이라 바나나 씨는 지금까지 뜻에 맞지 않는 일이나 힘든 일도 물론 많이 하셨으리라고 생각해요.

요시모토 전, 20년, 아니 30년이나 가고 싶지 않은 장소에, 가고 싶지 않은 시간에 가야만 했던 일이 너무 많아서, 제 속마음과는 늘 좀 괴리가 있었어요.
지금도 뜻에 맞지 않는 일을 하는 날에는, 강아지가 내 옷에 쉬 오줌을 싸기도 하고, 유리컵을 떨어뜨려 깨기도 해서, '나 대신 일부러 그러는 거야?' 싶을 정도예요.

현실적으로 강아지마저 그러면 제가 더 힘들어지지만, 덕분에 이런 이상한 일은 하지 말았어야 했다는 걸 깨우쳐요.

그래서 늘, 내 뜻과 다른 일은 하지 말아야 한다고 생각해요. 조금도 만나고 싶지 않은 사람을 만나러 가야 하는 일도 많았어요.

타이라 바나나 씨는 에세이에서도 가끔, 일에 관계된 남자에게 당한 쓰라린 경험을 토로한 적이 있는데요. 바나나 씨 같은 분도 그런 일을 당하나 싶어서 충격이었어요.

요시모토 출판계 역시 남자 중심의 수직사회니까요. 예를 들어서, 규슈 출신의 남자와 레스토랑에 가면 절대 내가 먼저 주문해서는 안 되는 경우가 흔히 있어요. 여자이면서 손아래 입장에서 만난다는 게, 그런 일이더라고요.

타이라 하지만 바나나 씨는 소설가로서 초대된 거잖아요.

요시모토 그런 건 관계없어요. 예나 지금이나. 택시를 같이 탄 남자에게 성희롱을 당한 적도 있고.

타이라 네?

요시모토 물론 도망쳤지만요.

타이라 심하네요!

요시모토 일반적인 일이라도 되는 양, 그런 일이 있었어요. "왜 이래요!" 하면서 가방을 사이에 옮겨 놓고. 운전사에게 세워 달라고 해서, 후다닥 내렸어요. 물론 더는 의뢰가 들어오지 않았지만, 별 상관없어요.

타이라 호러네요.

요시모토 그런 일이 너무 많아서 부아가 날 지경이죠. 다친 일도 있었고.

타이라 그런 황당한 일을 당하면, 인격의 일부가 왜곡되거나, 자기가 당한 것을 타인에게 다른 형태로 되갚는 등, 여러 가지 부작용이 생길 수도 있을 것 같아요. 그런데 어떻게 바나나 씨는 이처럼 자기의 세계를 지키고, 주위 사람들이나 후배들을 엄격하지만 공정하게, 그리고 진지하게 대할 수 있었나요?

요시모토 아주 다양한 사람들을 두루 만나고 있고, 타인에게 불쾌한 '기운'을 주고 싶지 않아서일 거예요. 전 세계 수많은 커뮤니티의 룰도 많이 봐 왔기 때문에 '장소가 바뀌면 룰도 바뀐다.'는 걸 실감하고 나면 고집이 무의미해지죠.
그야말로 틀을 넘어서는 것이라 할 수 있을까요? 가령 도쿄에서 사는 나의 세계에서는, 할머니가 자리보전하고 있는 방에 타인이 불쑥 들어가도 목숨에는 별지장이 없지만, 모스크에서는 이교도가 들어가서는 안 되는 장소에 들어가면 큰 사달이 나잖아요.
그런 경우에는 보다 조심하게 된다고 할까.

타이라 그렇게 일상에서도 감성을 살리는 중요함을 저는 KR 씨에게서 배웠어요. KR 씨는 전 세계 어디를 가든 있는 그대로의 KR 씨인데, 가는 곳곳마다 그 문화와 역사적 배경을 진지하게 배우려는 자세 때문인지, 현지 사람들에게 의외로 많이 물어봐요.
취미나 호기심 때문이 아니라 안전하게 여행하려는 당연한 서바이벌 정신에서 오는 듯해요. 사파리에 갈 때는 최소한의 사전 지식이 필요한 것처럼, 자신을 위해 알아 둔다는 식으로요. 제 눈에는 아주 소소하게 보이는 일도 KR 씨는 그 '문화의 차이'를 꼼꼼하게 들여다보려는 자세를 지니고 있죠.

요시모토 저도 좀 멍한 타입이라서, 잘 들여다보고 싶어요.

타이라 그 부분은 그녀가 '타인에게 좋을 듯해서.' '좋게 하고 싶으니까.' 하는 타자에 대한 배려와는 동떨어진 것이라서. 살아 있는 생명체로서 위험을 범하고 싶지 않다는 본능인 것 같아요.

요시모토 그런 점에서는 무척 야성적인 분이죠. 훌륭한 일이에요. 저는 그렇게 와일드하지 못해서. 하지만, 충분히 이해가 가요.
우리 아이는 평화로운 시대에 태어났기 때문에 "친구가 정치적인 데모에 간다는데, 같이 갔다가 밥 먹고

들어올게." 하는 말을 아무렇지 않게 해요.

그런데 저는 아르헨티나에 갔을 때, '목요일의 어머니 데모'를 봤어요. 목요일에 어머니들이 관저 앞 광장에서 묵묵히 걷는 데모를 하는 것이죠. 그런데 대학생이던 자식들이 별 부담 없이 "그럼, 데모에 다녀올게." 하고 나갔다가 그대로 전원이 살해당한 사건이 있었어요. 1970년대에 '더러운 전쟁*'이라 불리는.

정권이 바뀐 순간에 데모에 참가했던 젊은이들이 전원 살해되어 숲속이나 바다에 버려졌죠. 어머니들의 그 데모 광경이 저의 내면에 '데모는 편한 마음으로 가서는 안 된다.'는 형태로 남았어요. 70년대는, 내가 살아 있었던 아주 가까운 과거잖아요.

역사에 그런 일이 있었고, 하루아침에 자식을 잃은 어머니들의 모습을 내 두 눈으로 봤기 때문에, 아이가 데모에 간다고 하면 "목숨을 걸 생각이 아니면서 가는 게 아니다." 하고 말려요. 아이가 하는 일을 거의 막지 않는데, 데모만은 막게 되더군요. '일본이니까 괜찮다.'고 하지만, 언제 시대가 바뀔지 알 수 없으니까.

---

* 국가 테러로 발생한 학살 행위. 1976~1983년, 아르헨티나를 통치하던 군사 정권이 행한 국가 테러로 노동조합원, 정치 활동가, 학생, 저널리스트 등이 체포, 감금, 고문을 당해 3만 명이 사망 또는 행방불명되었다.

<u>타이라</u> 문화의 차이를 꼼꼼하게 들여다보는 자세와 감성을 지니는 것이 자기를 살리는 길이네요. 진지하게 받아들여야겠어요.

아이들을 소중하게

<u>타이라</u> 타이완에서 처음 생활하기 시작했을 때, 문화 차이 때문에 늘 긴장하고 있었는데, 바나나 씨가 타이완에서 활약하시는 걸 보고* 저도 겨우 타이완에 마음을 열고 생활이 즐거워졌어요.

<u>요시모토</u> 다행이네요. 혼자 타이완에 건너가 생활하다니, 아이린 씨는 용기가 있었네요.

<u>타이라</u> 호오포노포노 책이 타이완에서 출판되면서 클래스와 강연을 개최하는 기회가 많아져서, 타이완

---

* 전작 에세이 『애처롭고, 그리고 행복한 타피오카의 꿈』이 일본에 앞서 타이완에서 출판되는 등(2018년 1월 간행), 타이완에 갈 기회가 많아진 것이다. 이 작품은 일본에서도 2018년 7월에 출간되었다. 요시모토 바나나 본인의 체험을 바탕으로 인생을 자기답게 풍요롭게 산다는 메시지를 그리고 있다.

에 사무소를 여는 시점에 이주했어요. 그 당시에 출판 일을 하고 있었던 지금의 남편을 만났죠. 만난 후에는 무척 빠르게 결혼까지 하게 되었고요.
한때 유적지에 다녀왔다가 이상한 꿈을 계속 꾸곤 해서, 생활은 느긋했지만 마음은 평온하지 못한 날들이 계속되었는데, 바나나 씨를 만날 수 있어서 무척 기뻤습니다.

요시모토 타이완이라는 나라는 모든 것이 질잖아요. 남아 있는 역사의 무게도 그렇고.
아이들을 무척 소중하게 여긴다는 점은 참 멋져요. 다들 '아이들은 미래'라고 하고요. 우리의 미래라고. 정말 그렇다고 생각합니다. 일본에는 지금, 그런 부분이 참 부족해요.
'어린이집이 옆에 있는 게 싫다.'고 하는 심리를 도무지 이해할 수 없어요. 아이린 씨의 집은 어린이집 2층이잖아요.

타이라 지금 살고 있는 타이베이는 개발이 계속 진행중이어서 공사장 소리와 스쿠터의 소음은 신경에 거슬리는데*, 신기하게 출산 전부터 밑에 있는 어린이집 소리는 거슬리지 않았어요.

> 요시모토 나도 거슬리지 않는 편이에요. 그렇게 거슬려서 이사를 가면 좋겠다는 생각까지 하다니, 아이가 있든 없든 이상하다고 생각해요.
> 뭔지는 모르겠지만, 아무튼 무슨 신호이지 않나 싶어요. 본능에 관련된, 살아 있는 존재로서 위험한 상태가 아닐까 하는.
> 옛날에는 아이들이 와글와글 시끄럽게 떠들어서 아버지가 "시끄럽다!" 하고 호통을 치는 일이 보통이었잖아요. 그런데, 아이가 떠들지 않고 성장하기를 기대하는 건 어딘가 모르게 부자연스러운 일이라 불안합니다.

타이라 그리고 뭐가 원인인지는 모르겠지만, 일본에 비해 타이완에서는 아이를 데리고 다니는 어른의 모습이 압도적으로 더 자연스럽게 느껴져요. 게다가 타

* 소음이라고 느끼면 정화의 신호예요. 타이완에서 살기 시작했을 때, 종일 소음이 신경에 거슬려서 짜증이 날 때마다 '사랑합니다.' 하고 말하거나 우니히피리에게 '우리 어디 놀러 갈까?' 하고 물었더니, 신기하게 거슬리는 일이 점차 줄어들었어요. 동시에 타이완에서의 생활도 편해졌고요(타이라).

이완도 저출산에 고령화 사회라고 하는데, 밤낮을 불문하고 어디를 가든 아이들이 눈에 많이 띈다는 인상이에요.

요시모토 맞아요. 그냥 눈에 띄더군요.

타이라 휴렌 박사는 "누구의 아이가 되었든, 아이를 소중하게 다루지 않는 것은, 아이를 좋아하고 싫어하고의 문제이기 전에, 자기 생명을 스스로 어떻게 다루고 있는지가 다른 형태로 나타나는 것일 뿐이다. 어떤 아이든 신성한 존재인 아이를 소중하게 다루지 못하는 것은 기억이 있기 때문**"이라고 하셨었어요.
아이를 편협하게 다루는 것은 죽고 싶다는, 이미 죽음을 향하고 있는 것과 다름없는 상태라고요.

요시모토 나도 그렇게 생각해요. 아이들은 우리의 소중한 미래이니까, 화를 내는 것까지 포함해서 모두가

** 휴렌 박사가 이런 말씀도 하셨어요. "당신은 매일, 인간을 포함해서 온갖 생물, 토지, 사물을 통해 신성한 존재와 대화하고 있다."고요. 저도 피곤하면 집안일을 할 때나, 과자를 먹다가 남은 것을 허둥지둥 치울 때, 컴퓨터 전원을 끌 때, 사물을 함부로 다루게 되는데, 그런 때 '지금, 나는, 집안일을 통해서 신성한 존재에게 뭘 전하려는 걸까?' 하고 자문하고, 나 자신의 인생도 이렇게 함부로 다루고 있다는 걸 깨닫고 또 정화를 하도록 유념하고 있어요(타이라).

함께 키워 나가야 하는 존재이지, 아이를 좋아하느니 싫어하느니, 아이가 시끄럽게 굴어서 짜증이 난다느니, 그런 문제가 아니죠.

타이라 눈앞에 있는 생명을 어떻게 다루느냐에 따라 자기의 마음 상태를 알 수 있는 것 같아요.

요시모토 모두가 아이를 소중하게 여겼으면 좋겠어요. 아이들은 우리의 미래잖아요. 우리의 노후에 사회를 구성할 사람들이에요.

타이라 정말 그래요.

4

모순 없는 삶

자기를 정립한다

타이라 일본에서는 누가 무슨 일을 같이 하자고 할 때, '노'라고 대답하기가 힘들어서 아예 일을 벌이지 않는 경우가 종종 있어요.

요시모토 모두가 착실해서 그런지도 모르죠. '나는 일본에서 태어나 자랐는데도 왜 이렇게 적응이 안 될까?' 하고 생각하곤 해요.

타이라 우리 어머니는 반대로 이런저런 생각하지 않고, 거기에 마음이 있으면 과감하게 들어가서는, 태연하게 '노'라고 하면서 폭풍처럼 휩쓸어 버려요.

요시모토 어머니는 항상 멋지네요.

타이라 상당수가 처음에는 '뭐야?' 하는 식인데, 의외로 무덤덤한 사람도 많더라고요.

요시모토 그 정도로 자기 페이스가 명확하면 아무도 어떻게 하지 못하죠.

타이라 그런가 봐요. 자기 안 어딘가에 타협할 수 있는 여지가 있으면, 상대도 기대를 걸게 되니까 피차가 피곤해지는지도 모르겠네요.

요시모토 그건 자기가 '정립'되어 있지 않기 때문이 아닐까요? 아이린 씨의 어머니는 자기가 정립되어 있는 데다, 사업을 했던 지혜도 갖고 있기 때문에 거절을 잘하는 거겠죠. 압도적인 '노'이지만, 가벼운 느낌이라고 할까. 너무 능숙해서 배우고 싶어요.

타이라 제가 '노'라고 하면 무거워져요. 그런데 어머니가 그러면, '호오.' '아, 예.' 하는 식으로 금방 끝나요.
어머니가 그렇다 보니까 저는 어렸을 때부터 늘 조마조마해서, 순수한 마음으로 '이래도 된다.'고는 생각할 수가 없었어요.
하지만 어머니는 클럽에서 마음껏 춤추고 즐겼을 때처럼, 제가 다니는 어린이집이나 초등학교 운동회에 나타나 신나게 즐기고는 마지막까지 있지 않고 가 버렸어요. 그런 일이 적성에 맞는 사람도 아닌데.

요시모토 하하하하. 가 버렸군요.(웃음)

타이라 네. 그런데도 해마다 꼭 왔어요. 게다가 어린 마음에도 어머니가 자발적으로 왔다는 게 느껴져서 무척 기뻤어요.

요시모토 이 대담, 우리가 어머니를 인터뷰하는 편이 좋지 않을까요?(웃음)

타이라 어머니처럼 당신이 정말 즐겁고, 스스로 선택해서 뭔가를 한다면 주위에서도 괜히 불필요한 느낌을 안 가져도 되지 않나 싶어요.

요시모토 역시 베티 씨(아이린 씨의 어머니)는 '자기'가 정립되어 있으니 그런 게 아닐까요?

타이라 그럴 수도 있겠죠. 어떻게 하면 자기를 '정립'할 수 있을까요? 일상 속에서 뭘 조심하면 되는 걸까요?

요시모토 역시 일상에 떠밀려 결정하지 않도록 해야 하지 않을까요? 하지만 정말 깊이 생각하고 결정했을 때는 '신속하게!' 균형을 잡는 게 좋겠죠. 예를 들어서 누가 어딜 같이 가자고 할 때, '음…….' 하고 망설이는 시간이 길면 한 번은 가지만 다음에는 가지 않는 식으로요.

타이라 많은 사람들이 상대에게 너무 신경을 쓰는 나머지, 상황을 모호하게 만드는 경향이 있는데, 저희 어머니는 전혀 그런 게 없어요.

요시모토 베티 씨는 겉으로만 봐도 '거리감*'이 달라요.

---

* 나와 상대의 거리나 공간을 나는 가깝다고 느껴도, 상대는 멀게 느끼거나 또 그 반대인 경우도 있다. 마음 자세와 놓인 상황, 그때그때의 대처에 따라 그 거리나 공간은 달라진다.

나나 아이린 씨는, 길에서 사람들이 붙잡고 길을 물을 것 같아요. 길을 물어 달라는 분위기잖아요.(웃음) 좋은 점이기도 하고 나쁜 점이기도 하죠.
길을 물어도 될 듯한 오픈된 분위기를 풍기는 것은 아주 좋은 점이라고 생각해요. 다만 상대가 그 이상을 요구할 여지, 즉 유약하게 비치는 면도 있다는 점은 다소 개선하는 편이 좋겠다고 생각하면서, 날마다 조금씩 미세하게 조정하고 있어요.
내 표현으로 하면 아우라가 넓게 번져서 희미하고 모호해지면, 역시 이상한 일이 생기기 쉬워요. 이상한 일을 당하기도 쉽고.
베티 씨에게는 모호한 부분이 없어요. 그리고 좋든 나쁘든, 사람에게 강한 영향력을 미치는 사람이죠. 그 모습만 봐도 '이 사람에게는 불필요한 부분이 전혀 없다.'는 걸 알 수 있잖아요. 그러니 이상한 사람이 말을 걸지도 않고, 이상한 일이 생기지도 않죠.

타이라 바나나 씨는 특히 직업상 주위 사람들에게 '이렇게 해 줬으면 한다.' 하는 의뢰나 요구를 받는 일이 많을 것 같은데, 어떻게 거리를 두나요?

요시모토 나는 나의 공간을 지키고, 거리를 좁혀 오면 잘라 버려요.

타이라 잘라요?

요시모토 어쩔 수 없다고 생각하면서요. 그래서 항상 '들어오지 말라.'고 생각해요. 상대방이 의식하라고요. 그런데도 그런 일이 늘 생겨요. 서로가 그 거리를 파악하는 것은 기본이라고 생각합니다.
개나 고양이도 그래요. 새근새근 자고 있을 때 다가가면 개는 으르렁거리고 고양이는 하악거리죠.
분위기는 파악하지 않아도 되지만, 서로의 거리는 반드시 파악해야 해요.

타이라 분위기와 거리의 차이. 지금 새삼스럽게 알았네요. 차이가 커요.

요시모토 '이 사람 지금 기분이 안 좋아 보이네. 가까이 가지 말아야지.' 그런 것과는 다른, 사람과 사람으로서의, 영혼의 거리라고 할까, 그런 걸 파악하지 못하는 사람과는 결국 문제가 생기죠.

거짓과 가식이 없는 관계

타이라 분위기를 파악하는 방법은 학교에서도 자연히 배우지만, 거리를 파악하는 방법은 오히려 잊어 가는 것 같아요. 수련의 비결을 가르쳐 주세요.

요시모토 나도 아직 잘 몰라요. 베티 씨에게 물어보면 가장 빠르지 않을까요? 아, 어머니는 딱 잘라 말하시죠.(웃음)

타이라 네. 아주 가차 없이 딱 잘라서.

요시모토 베티 씨에 대해서 묻고 싶은데, 어떤 식으로 딱 잘라 말하세요? "이제 전화 걸지 말아요." 그러시나요?

타이라 여러 가지 패턴이 있어요. 뭔가를 느끼고 전달하는 시간이 무척 짧아요. 그리고 기본적으로 아주 솔직해요.

요시모토 말해 버리나요, 솔직하게?

타이라 둥글둥글 에둘러 말하지 않아요. 마침 오늘 아침에 어머니가 화해한 분을 만났는데, 왠지 내가 안도하게 되더라고요.

요시모토 (웃음) 웃으면 안 되는데.(웃음) 그래도 무척 참고가 되네요.

타이라 그 여자분은 어머니보다 나이가 좀 많은 친구였어요. 정신적인 동지였다고 할까. 어머니와 같이 각종 세미나를 위해 국내외를 다녔던 분이죠. 저도 두 사람 사이에서 얘기를 자주 들었고, 사이가 정말 좋았는데.
아무튼 어머니는 매일 누군가와 함께 있는 걸 좋아하지 않는 사람이라.

요시모토 그렇죠. 타인과 늘 들러붙어 있지 않을 듯한 이미지가 있어요.

타이라 언젠가 그분이 타이밍이 좋지 않을 때 어머니에게 연락을 해서.

요시모토 매일 만나고 싶었나 보군요.

타이라 네. 어머니가 사랑하던 강아지와 한 친구가 비슷한 시기에 막 세상을 뜬 때였거든요.
어머니는 상황이 이러니 아무도 만나고 싶지 않다고 전했는데, 그분은 어머니에 대한 선의로 이런저런 조언을 해 주려고 전화를 걸었던 거죠.
세 번째 전화였나, "미안합니다, ○○씨, 지금은 아무도 만나고 싶지 않다고 여러 번 말했는데, 그걸 존중해 주지 않는 사람과는 더 이상 만날 수 없어요." 하고는 그다음부터는 일체 전화를 받지 않았어요.

요시모토 전화를 받지 않아요?

타이라 네. 전화가 걸려 와도 절대 받지 않았어요.

요시모토 그동안 어머니가 고민을 하시나요? 상심하거나?

타이라 "나는 할 말을 했고, ○○씨와 오래 좋은 시간을 가졌으니까 지금은 이래도 괜찮아."라고 했어요.

그런데 어머니의 재미있는 점은, 늘 최고의 타이밍에 돌아올 사람과 화해를 한다는 거죠.
어머니가 좀 힘든 병에 걸렸을 때, 문득 그 여자분이 떠올랐다고 해요. 그분은 오래전부터 암을 치료해 오던 사람이라, 몸이 힘들어서 정말 큰일이라고 생각했을 때 불쑥 떠올라 전화를 걸어서, "잘 지내요?" 하는 식으로. 그리고 다시 관계를 회복하는. 그런 때, 일일이.

요시모토 시시콜콜 생각지 않는다?

타이라 네. 보통은 상당히 망설이잖아요. 자기가 인연을 끊어 놓고서, 그렇게 심하게 말해 놓고서, 저 같으면 고민이 클 거예요.

요시모토 와우.

타이라 오랜만에 두 분이 만나는 장면을 보고 안도했어요. 그렇게 바로 만나 주는 그분도 참 멋지죠.

요시모토 잘 됐네요.(웃음) 역시 솔직하다는 건 중요하네요.

타이라 하지만 저는 상처 받은 사람을 보는 게 겁나요.

요시모토 저도 그래요.

타이라 그런 경우를 보면, 일주일 정도는 앓아누울 것 같아요.

요시모토 공감이 가네요. 나도 그런 부분은 고치고 싶어요. 같이 슬퍼하곤 해서.

타이라 그런데 제가 그런 일로 전전긍긍하던 때의 결과보다, 어머니처럼 행동하고 돌아와야 할 때 돌아오는 흐름일 때 좋은 에너지의 양이 더 커요.

요시모토 그렇겠죠. 정말 그렇게 생각해요.

타이라 오늘 두 사람을 만났을 때, 아주 좋은 에너지를 받았어요. 거짓 없는 관계는 참 좋은 거구나 하고.

요시모토 정말 멋지네요.

타이라 어렸을 때는 힘겨운 일도 있었어요.
초등학교 다닐 때 전학 온 친구가 있었는데, 학교에 잘 오지는 않는 아이였어요. 엄마가 아카사카에서 게이샤로 일하는 데다 저처럼 모자가정이어서 우리는 무척 친해졌어요.
학교에 있는 친구들과는 가치관이 달라서, 저도 숨통이 트이는 부분이 있었죠. 엄마들끼리도 사이가 좋아져서, 나로서는 '가족 단위로 교류하는, 꿈에 그리던 일이 이루어졌다!'고 흥분했더랬죠.
그런데 '남다른 것이 좋다.'고 생각하는 사람들 특유의 냄새랄까, 특별한 게 아니면 받아들이지 않는 가족이어서, 딱히 그런 것에 상관하지 않는 우리는 점차 갑갑해졌고, 결국 서로 간에 분위기가 좀 심상치 않아졌어요.
중학생이 되어서, 어머니 의향으로 가나가와 현 하야마 근처의 아키야*라는 곳에 1년 동안 살게 되었어요.
이사를 한 후에도 그 가족과는 교류하고 싶었고, 어

* 미우라 반도의 서쪽에 있는 하야마의 이웃동네. 바닷가를 따라 풍광이 뛰어난 지역.

린 저의 눈높이에서는 모든 관계가 끊겼다가 이어지기를 반복하는 일이 많았던 어머니가 내 친구 가족과는 사이좋게 지내 주는 것이 더없이 좋았죠.

요시모토 그랬겠네요.

타이라 한번은 그녀가 엄마와 언니와 함께 아키야의 우리 집에 놀러 왔어요. 자고 가는 걸로 알고 있었는데, 친구 엄마가 어찌나 사업 얘기를 열심히 하는지, 어머니는 계속 아니라고 하고.

요시모토 사업을 같이 하자는 식으로?

타이라 그랬던 것 같아요. 어머니가 똑 부러지게 거절해서 친구 엄마가 짜증이 났나 봐요. 우리 어머니의 교육 방식에 자기 의견을 제시하면서, 마치 저와 제 동생을 지켜 주는 것처럼 어머니를 훈계하기 시작했죠. 어머니 입장에서는 좋지 않은 쪽으로 얘기가 흘러가서, 저는 '와, 이 사람, 우리를 이렇게 생각해 주는데.' 하면서도 계속 조마조마했어요.

요시모토 어릴 때는 '그 자리의 정을 무엇보다 우선하니까' 그랬겠네요.

타이라 맞아요. 당시엔 저를 위해서 그런 말을 한다고 생각했어요.

요시모토 "이러면 아이린이 가엾죠." 하는 식으로.

타이라 네네, 그런데 우리 어머니는 어미의 본능이 그런지, 자식을 이용해서 뭔가를 하려는 행위를 가장 예민하게 받아들이는 것 같았어요.

요시모토 그렇죠. 잘 알아요.

타이라 그 자리에서 바로 "미안하지만, 그만 돌아가세요." 하고 말았어요. 그 먼 아키야까지 애써 와 주었는데.

요시모토 아하하. 요코스카의 끄트머리죠.

타이라 저녁 6시쯤 되었나. 저녁을 먹으러 나갈까 어

쩔까 하기 직전이었는데. 지금도 잊히지 않아요. 저녁 해는 아름답게 저물어 가고 있는데, 분위기는 점차 험악해지고.
아버지 같았으면 절대 그러지 않았을 거예요. 체면을 봐서라도 저녁은 꼭 먹고 가라고 했을 텐데, 어머니는 세 사람 모두에게 "미안하지만, 이만 돌아가세요."라고 한 거죠. 제가 막으려고 했더니, "아이린, 그만 됐으니까." 하는 식이었어요.

요시모토 또 한 수 배우네요.

타이라 그다음 일은 잊어버렸는데, 아마 제가 엉엉 울면서 어머니에게 반발했을 거예요. 저와는 정반대로 전환이 빠르고, 자기 선택에 조금도 주저함이 없는 어머니 태도에 또 상처를 받고 밤새 울었어요.
하지만 지금 이렇게 어른이 되어서 돌이켜 보니, 인간관계에 과도하게 깊이 관여하는 가족이었다고 생각돼요. 영향받기 쉬웠던 저를 지키려고 어머니 나름으로 생각이 많았겠다는 걸 이제는 이해하겠어요.

요시모토 음, 그렇군요. 참고가 되네요.

타이라 하지만 그런 어머니를 보면서 크게 배운 것이 있어요. 돌아올 인연은 반드시 돌아오고, 떨어져 나갈 인연은 반드시 떨어져 나간다는 확신이 무모하지 않다는 점이에요.

인간이 주무를 수 없는 인연을 여러 번 봤어요. 일을 하면서도.

요시모토 좀처럼 쉽지 않은 일이지만, 가능하면 그렇게 하는 편이 좋겠죠, 솔직하게 말하는 편이.

상대에게 신경을 쓰는 탓에 오히려 소모하게 되는 것도 있는 듯해요.

자기 안에 불성실함이 없을 것

타이라 지금은 아이를 키우는 중에, 어렸을 때 어머니에 얽힌 사건들을 문득문득 떠올리곤 해요. 나는 어떻게 해야 할 것인가를 생각하면서요.

바나나 씨는 아드님에게 이 말만은 하지 않겠다거나, 하지 않는다고 정한 일이 있나요?

요시모토 나는 오히려 정하지 않으려고 해요.

타이라 이러면 안 된다고 하지 않는다고요?

요시모토 실수를 하면 처음부터 다시 하는 식으로, 유연하게 하고 있어요. 사람이니까 짜증이 나서 아이를 제지한 일도 많을 테지만, 어느 정도는 다시 할 수 있다는 생각에, 상황을 보고 수정하면서 대처해 왔어요.

타이라 아이에게 이 말은 하지 않는다, 이런 일은 하지 않는다고 정할 수는 있어도, 아이의 말을 귀담아 들어 주는 자세는 쉽지 않더군요.

요시모토 정해 버리면 모든 게 어긋날 수도 있으니까…….

타이라 어머니는 어린 내가 '싫다.'고 한 일을 강요한 적이 없어요.

요시모토 딸을 무척 존중했네요.

타이라 조금 전의 얘기 중에서, 바나나 씨의 아버님도 그렇다는 생각이 들었어요. 아이를 무척 존중하셨어요. 바나나 씨의 존재 가치를 인정하셨던 거죠.

요시모토 내 아이에게는 잘하지 못하고 있어요. 적당히 그 자리를 때우는 식으로 하고 있어서, 명확하게 정해진 좋은 부분은 별로 없는 것 같네요. 자식을 키우는 재주가 별로 없다고 할까. 아이가 아이를 키우는 면이 없지 않아 있어요.
무엇보다 우리 아이는 회사원이 되지 않을 것이라는 전제하에 키우고 있어서요. 신중하게 생각하고 과감하게 버린 부분이에요.

타이라 그건 '기억'이 아니라, 냉철한 시선으로 상대를 봤기 때문에 가능한 일이었겠죠.

요시모토 성실한 유형의 아이였다면 저도 빈틈없이 키웠을 거예요. 그런데 너무도 자유로운 성격이라 회사원은 힘들겠다고 생각했어요. 아이의 개성을 본다는 것은, 아주 중요한 점이죠.

타이라 저 같으면, 그렇게 과감하게 정하기가 어려워서, '이건 아닌데.' 할 것 같은데…….

요시모토 이해해요. 나도 그래요. 그런데 베티 씨는 바로 정해 버리잖아요.

타이라 네, 맞아요. 저는 이성적으로는 알고 있는데, 그래도 몇 번 시도해 보고 난 다음에 스스로를 설득하고, 그러고야 겨우 '노'라고 말해 보는 식이라 우유부단하다고 할지. 어머니 경우는, '이건 아니다.' 하고 생각하기 전에 눈앞에 무슨 사인이 나타나는 일이 많아요.
예를 들어서, 실내 인테리어를 새로 하게 되었는데, 어머니는 그 인테리어 업자에게 어떤 위화감 같은 것을 금방 감지했어요. 그렇다고 험담을 하듯이 주위에 떠벌리기보다는, 그 일을 진행하던 제 동생에게 사업상 여러 가지 문제점이나 부족한 점을 지적하면서 논의하셨대요.
동생도 저와 마찬가지로 어렸을 때 구축하지 못했던 사람과의 깊은 연대를 선망하는 구석이 있고, 논의를 하고 결론을 내리는 작업에 좀 약한 탓에 어머니와 옥

신각신했던 적도 있어요.

그런데 어느 날, 현장에 가 봤더니 폐기물이 이상하게 통로에 쌓여 있지를 않나, 왠지 어수선한 점이 드러나기 시작했어요. 그 후에도 문제가 거의 상대 쪽에서 생겨서 뭐라 말하지 않을 수 없는 상황이 되었어요. 추측이 아니라, 결과 때문에 끊어 내지 않을 수 없는 상황이 생긴 거죠. 어머니는 그런 일에 아주 민감해요.

요시모토 문제의 씨앗이 있으면 반드시 싹이 트니까요. 어머니 눈에 씨앗이 보이는 거겠죠. 그리고 '노'라고 말해야 하는 상황이 반드시 찾아오고요.

타이라 크든 작든, 어머니가 위화감을 느끼면 반드시 문제가 생겨요. 그래서 언뜻 보기에는 문제를 일으키는 사람 같지만, 그러나 확실히 우리보다 최단 시간에 문제를 해결해요.

요시모토 최단이라, 비중이 큰 요소네요.

타이라 이건 부끄러운 얘기지만, 저와 동생이 사귀던

연인도 어머니 앞에서는, 그쪽의 거짓말 같은 게 드러나고 말았어요.
동생의 전 여자친구는, 그냥 봐서는 무척 예의 바르고 착한 아가씨여서, 동생의 친구들과 저도 좋아했는데, 어머니와 마주치는 타이밍에 숨기고 있던 허점이 드러나고 말았어요. 다른 동네에 살고 있는데, 모르는 남자와 다정하게 걸어가는 모습을 어머니가 목격했던 거죠. 그러자 어머니는 동생에게 그녀가 마음에 들지 않는다고 솔직하게 말했어요.
저도 비슷한 일이 있었는데, 어머니가 지적했을 때 전 어머니의 착각이라고 반발하면서 문제를 보류했지만, 결국 어머니의 지적이 옳았어요.
사실은 누구보다 색안경을 끼지 않고 사람을 보는 사람이라, 최종적으로는 드러나게 되는 거죠.

요시모토 역시 인생의 달인이네요. 저도 그 지점을 지향하고 싶어요.

타이라 하지만 바나나 씨는 그런 경우에 대범하게 대처하는 힘을 갖고 있잖아요.

요시모토 아니, 전혀 그렇지 않아요. 상처를 곱씹는 타입이에요. 이내 거부감을 느끼죠. 베티 씨도 아마 그럴 거예요.

타이라 그걸 어떻게 떨쳐 낼 것인가.

요시모토 네, 바로 그게 중요한 포인트죠.

타이라 어머니는 그런 상황에서도 '괜찮다.'고 말해요.

요시모토 당연히 괜찮겠죠!

타이라 어머니는 그냥 보기에도 화려한 편이고, 문젯거리가 있는 사람에게는 과격하다는 인상을 주는 것 같아요.
하지만 사실 어머니의 일상은 의외로 조용해요. 아무도 보지 않는 곳에 어머니에게, 당신의 마음에 '중요한 결정' 같은 것이 있는 듯해요. 작은 생명이 사라지면 어머니 나름의 방식으로 추모하기도 하고.
에세이에서 읽은 적이 있는데, 바나나 씨도 호텔 방에서 나올 때는 그 장소를 정화하듯이 깔끔하게 정리한다고요. 그렇게 아무에게도 말하지 않고, 자신의 마음만 그 방법을 아는 듯한.
어머니도 일상의 여러 장소에서 그런 일을 하고 있어요. 물어보면, 정작 본인은 부정할 듯하지만요.

요시모토 네네, 그래요.

타이라 누구에게도 좌지우지되는 않는 장소에서, 자기 영혼만이 '예스인지 노인지' 알 수 있을 때, 좋은 일을 쌓고 있기 때문에 흔들림이 없는 거죠.
'자기 안에 불성실함이 없을 것', 그 점을 중시하는 사람이라고 생각해요.

요시모토 정말 멋진 얘기네요.

타이라 하지만 딸의 입장에서는 미담으로 끝나지 않는, 정말 감당하기 힘든 사람이에요.(웃음)

요시모토 '가르쳐 줘요, 베티 씨!'라고 책 제목을 바꾸고, 본인을 이 자리에 부르고 싶을 정도네요!

타이라 바나나 씨도 어느 글에 그렇게 쓰셨죠. "스스로 판단하는 수밖에 없다. 훨씬 큰 이 세상의 눈으로 판단할 수밖에 없는 일이 있다."고요.

요시모토 그래서 생기는 갈등은 두렵지 않아요.

타이라 어머니도, 그건 두렵지 않다고 하셨어요.

요시모토 나, 처음에는 베티 씨를 만나기가 두려웠어요. 이 사람은 전부 알아 버리겠다는 생각에. 딱히 꺼림칙한 일이 있는 것도 아닌데, 가슴이 떨리고. 그런데 언제부터인가 두려움이 사라졌어요.

타이라 왜일까요?

요시모토 아마 그 무렵에는 나 역시, 나 자신에게 거짓말을 많이 하고 있었겠죠.
그리고, 베티 씨도 변한 점이 있다고 생각해요. 처음에는 좀 미스터리한 어둠이 있었어요.

타이라 그건, 지금도 그래요. 어두운 면이 있죠. 왜 변했을까요? 우니히피리의 목소리를 듣기 시작하면, 변화는 생기기 마련이지만요.

요시모토 우니히피리와 사이가 좋아지다 보면, 살을 메스로 긋는 듯한 아픔을 느낄 때가 많아져요. 불필요한 것을 부득이하게 제거할 때 같은, 심한 아픔이 동반되는 경우가 많죠.

타이라 호오포노포노를 실천한다고 그냥 '행복해졌어요.' '마음이 평온해졌어요.' 하는 결과만 있는 것은 아니라는 느낌이에요. 본의 아니게 봐야 할 것을 봐야 하고, 대처하는 방법도 바뀌게 되고. 그리고 내면이 변해서, 인생의 걸음걸이도 달라지는 듯해요.

요시모토 내 생각도 그래요.

작은 거짓과 심술을 제거한다

요시모토 굉장히 좋아하는 책이 있는데, 풀포드 박사*가 쓴 『생명의 빛 풀포드 박사가 말하는 자연치유력』이라는 책이에요. 풀포드 박사는 오스테오파시**(osteopathy)의 창시자에게 사사한 사람으로, 우리 남편이 하고 있는 롤핑처럼, 몸을 만져 보면 그 몸에서 지금 무슨 일이 생기고 있는지 알 정도로 손끝의 감각을 섬세하게 훈련해야 하는 오스테오파시의 명의인데, 이미 돌아가셨지만 아흔 살까지 사셨어요.

오스테오파시는 머리카락 한 오라기 위에 종이를 여러 장 겹쳐 놓고, 머리카락이 어디 있는지 느낄 수 있을 때까지 훈련을 하고서야 비로소 가능하다고 해요.

그 책에서 인상에 남은 얘기가 있는데, 가게에 가면 계산대 사람이 값을 속인대요. '이 사람 꼬부랑 할배니까, 1달러쯤 모르겠지.' 하는 식으로요.

그런데 당한 쪽에는 영향이 없어도 행위를 한 쪽에는 작은 상처가 남아서, 그 상처가 언젠가는 다른 무엇이 되어, 조금 전의 카르마 얘기 같지만, 반드시 나타나니

---

* 미국에서 반세기에 걸쳐 수많은 환자를 치료한 힐러.

** 인간의 자연 치유력을 최대한 살린 의학.

까, 그런 짓은 하는 게 아니라고요.
그 말에 수긍이 갔던 기억이 있어요.

타이라 범죄는 아니라도, 지금까지의 인생에서 타인에게 사소한 거짓말을 했거나, 의도적으로 상처를 주려 했던 나쁜 짓은, 자기 안에서 정말 오래도록 지워지지 않는 법이죠.

요시모토 그래요. 지워지지 않고, 반드시 다른 형태로 나타나요. 인생이란 엄밀하기 때문이라고 생각돼요.

타이라 제 경우에는, 가령 어떤 중요한 결단을 내려야 할 때면 그런 게 나타나서, 나다움이나 자연스러운 흐름을 막아 버리는 것 같아요.

요시모토 충분히 그럴 수 있겠죠.

타이라 그 몇 가지 작은 거짓말과 심술이 남아 있어서, 나 자신을 신뢰할 수 없어요.

요시모토 충분히 이해가 가요.

타이라 그래서 결정적인 판단을 하지 못하기도 하고. 잠깐 어머니 얘기로 다시 돌아가는데…….

요시모토 역시 이 책은 '베티에게 물어라.'라는 제목으로 가죠. 몇 번째인가요, 이 말 나온 게.(웃음)

타이라 어머니가 주위 사람들에게 '베티 씨 때문에 상처가 크다.'는 말을 들을 만한 일을 많이 해 왔다고 생각하는데, 본인에게는 별다른 악의가 없어서.

요시모토 아, 그것도 중요하죠.

타이라 혹시 자각은 있는지도 모르지만, 있어도 아주 적을 거예요.

요시모토 네, 그럴 거라고 생각해요.

타이라 자기 자신에게 거짓말을 하지 않고, 상대에게 의도적으로 상처를 주는 일도 절대 하지 않는다는 법칙 같은 게 틀림없이 있을 거예요. 어머니와 디비니티 사이에 오간 약속에는 무척 충실한 사람이니까, 큰 결단도 그렇게 빨리 내릴 수 있는 거겠죠.

요시모토 알 것 같아요. 정말 중요한 얘기네요.

타이라 어머니가 누군가에게 '노'라고 말할 때, 내 입장에서는 폭발사고처럼 보이지만, 서로에게 가장 상처가 덜 가는 경우도 있어요.

요시모토 그럴 거라고 생각해요. 사랑이죠.

타이라 저도 풀포드 박사 말씀대로, 작은 거짓말과 심술은 의식적으로 제거하려고 노력하고 싶네요.

요시모토 그게 가장 중요하죠. 그럴 수 있다면, 놀랄 만한 속도로 인생이 전개될 거라고 생각해요.
자기 안에 모순이 없도록 하면, 아마 그렇게 심한 일은 생기지 않으리라는 자신을 가져도 좋지 않을까요?

타이라 인생이란 엄격하네요.

요시모토 하지만, 그렇게만 해도 똑바로 나아갈 수 있

어요. 그렇게 생각하면 아주 편하죠.

타이라 엄격하지만 사실은 단순해서, 자유롭고 싶다면 지금부터라도 시작할 수 있겠죠.

흔적을 남기지 않는다

타이라 자기 안에 남아 있는 작은 거짓말과 결과적으로 타인에게 상처를 남긴 카르마를 만들었던 기억이, 지금 자기의 자유를 제한하는 것과 무관하지 않겠죠?

요시모토 만약 자기에게 자신이 없다면, 거짓말이나 자기 주장 같은 것에서 살아 있다는 증거를 찾으려 하겠죠. '굳이 타인을 바늘 같은 것으로 쿡쿡 찌를 필요가 뭐 있느냐?' 하고 살아가면 알력도 적고, 자신의 흐름도 거스르지 않을 듯해요.
예를 들어서, 교정지를 보다 보면 편집자가 '내가 갔을 때는 이렇지 않았습니다.' 하고 빨간 펜으로 지적해 놓는 경우가 있어요. '내가 홋카이도에 갔을 때는 달이 보이지 않았어요.' 하는 식의 글을 옆에 달아 놓고 본문을 수정한 거죠. '이 시각에는 비행기가 뜨지 않습니다.' 하는 것과는 얘기가 다르잖아요. 후자는 사실 확인으로, 필요한 일이니 문제가 없죠. 그런데 '나'를 개입시키는 경우가 간혹 있어요. 그런 것과 마찬가지죠.

타이라 그러면 무언가가 남죠, 마음에도 그 자리에도.

요시모토 그렇죠. 문제가 되더라도 상관없으니까, '남기고 싶은' 거죠. 그래서 그런 편집자는, '정말 미안하다.'고 하고서 다른 사람으로 바꿔 달라고 해요. '내가 헷갈린다.'고요.

인간관계에서도 그런 부분이 많지 않을까요? 인상이 좋지 않아도 괜찮으니까, 나를 봐라 하는 식의, 자기를 남기고 싶어 하는.

타이라 '자기'를 남기고 싶은 의도가 못처럼 박혀서, 그 자리의 자연스러운 흐름도 막게 되죠.

요시모토 맞아요. 흐름이 순조롭지 못한 느낌이 들죠.

게다가 그런 사람은 조금 전 비유에서처럼 프로페셔널이 되지 못해요. 가장 중요한 부분을 망치고 마니까요.

타이라 가끔 저도 그런 때가 있어요. 무심하게 하면 되는데 왠지 뭔가를 남기고 싶은. 그런 욕구가 조금이라도 보이면 그 자리에서 바로 아주 조금이라도, 또는 나중에 충분히 정화를 하도록 하고 있어요.
의도하는 건 아닌데, 그렇게 하면 정말 인간관계도 일도 순조롭고 풍성해져요. 휴렌 박사가 네이티브 아메리칸(미국 원주민)을 예로 들면서, "그들은 가는 곳곳마다, 최대한 흔적을 남기지 않는다."고 했어요. 흔적이 남지 않도록 기억을 지우면 모두에게 자유가 돌아온다고요.

요시모토 아, 그러네요. 그게 자연스러운 거죠.

타이라 선물도, 처음에는 받는 사람이 좋아했으면 좋겠다는 아주 순수한 즐거움으로 골랐는데, 어떤 기억이 재생되어 슬쩍 마음을 담아 건네기도 하고. 저도 그런 일이 종종 있어요.

요시모토 그건 인간 누구나 그렇고, 절대 없어지지 않을 일이죠. 다만, 그런 경우를 최대한 줄일 수 있다면, 그게 최선이 아닐까 해요.

타이라 줄일 수 있다면…….

요시모토 크게 달라지겠죠. 사람은 일반적으로 서로에게 상처를 주고, 그런 상처가 있어서 관계도 있는 것이고, 또 그게 정일 수도 인연일 수도 있는 거니까, 어쩔 수 없다고 생각하는 경우도 흔히 있잖아요. 하지만 그건 정말 아니라고 생각해요.
뭔가를 내어 주거나 가져오지 않는 편이, 피차 풍요로운 거라고 생각합니다.

5

진정한 자기를 살기 위해

인간관계를 키우는 법

타이라 마지막 장에서는 바나나 씨에게 진정한 자기를 살기 위한 인간관계 키우는 법과 마음을 새로이 하는 법, 파트너에 대해서 등, 랜덤하게 얘기를 듣고 싶어요.
우선, 바나나 씨를 뵈면 늘 자극을 받는 한편 마음이 차분해지는데, 그건 바나나 씨 내면에 있는 고요한 부분을 접하기 때문인지도 모르겠어요. 그리고 바나나 씨는 늘 무언가를 향해서 열려 있는 것처럼 보입니다.

요시모토 가능성을 향해서는 열려 있는지도 모르죠.

타이라 바나나 씨는, 다양한 일에 도전하고 있잖아요. 그런데 그 움직임이 소란스럽지 않다고 할까, 가벼워요. 그림책에 등장하는 나그네 같은 느낌.

요시모토 예를 들어 모험가는 미지의 장소에 불쑥 찾아가는 듯한 이미지가 있잖아요. 사실 진짜 모험가는 떠나기에 앞서 장비를 준비하면서 100번 정도는 끈을 단단히 고쳐 매고, 모든 숫자를 확인하죠. 그렇게 꼼꼼한 작업이야말로 모험을 뒷받침하는 게 아닐까 해요.
후지산을 오를 때도 맨발로 가지는 않잖아요. 신체 능력이 워낙 뛰어나다면 몰라도, 수면 부족인 상태에서도 안 되고. 조금씩 꾸준히 준비하고, 트레이닝을 하고, 그 결과가 모험으로 이어지는 것이죠.
“모험을 떠난다, 와우!” 하면서 모험길에 오른 사람은 한 명도 보지 못했어요. 모두들 오히려 차분하죠.

타이라 그렇죠. 여행지에서 마주치는 능숙한 백패커나 등산가는 상당히 소박하고 조용한 인상이었어요.

요시모토 화려한 사람은 대개 초짜죠. 정말 굉장한 사

람은 배낭의 의미 있는 곳에 열쇠가 하나 매달려 있거나, 온갖 것을 테이프로 고정할 수 있으니 테이프를 중요시하거나, 소박한 얘기를 차분하게 해 주거나, 그럴 거라고 생각해요.

타이라 조금 전에 네이티브 아메리칸은 가는 곳곳에서 최대한 흔적을 남기지 않는다는 얘기를 했는데, 휴렌 박사나 KR 씨 역시 헤어질 때면, 상대에게 '뭔가'를 남기지 않아요.
인간관계에 강한 인상이나 흥분감, 허전함이나 아쉬움조차 없는 듯해요. 철저한 정화 뒤에 남는 것은 평온한 마음과 자연스럽게 움직일 수 있는 공간감.
바나나 씨도 비슷한 방식으로 관계를 갖지 않나요?

요시모토 음, 역시 속도감이 있지는 않아요.

타이라 그건 정말 그래요.

요시모토 타인에 대해서는 잘 모르겠지만, 제가 '갑작스러운 것'을 선호하지 않는 것만은 확실해요.

타이라 저는 자신의 페이스나 거리감 같은 걸 자주 잊어버려요. '어떻게든 그 자리를 넘기자.' 싶은 심정에 상대의 페이스에 맞추는 경우가 많은지도 모르겠어요.

요시모토 나 역시 종종 잊어버려요. 그래서 늘 사람을 볼 때 새로운 기분일 수 있는지도 모르죠.

타이라 그래도 사람을 만날 때, 주의하는 점은 없나요?

요시모토 다소 맞지 않는 사람과 만나 나름 좋은 시간을 보낸 후라도, 꿈에서 그 사람의 다른 얼굴을 보는 경우가 있어요. 결국 처음에 품었던 '위화감'과 반드시 마주하게 되니까, 이제는 생각해 봐야 소용없다는 경지에 이렀어요.(웃음)

타이라 그렇다면, 사람과 만나는 시간 속에서 어떻게 자기 페이스를 잃지 않고, 가능하면 자유롭게 함께 지낼 수 있을까요?

요시모토 우선 자기 안에 족쇄나 틀이 있는 경우, 예의 바르게 행동하면서도 자기 마음속 움직임을 잘 헤아리는 게 좋겠죠.

특히 인간관계에 대해서는 지금도 믿기지 않는 일이 간혹 생겨요. 오랜 세월을 살았어도, 자신의 감각을 절대적으로 믿고 있어도, 맹점이라고 할 수 있는 '정말?' 하고 의문스러워지는 사건도 생기고 말이죠.

그럼에도 역시 '곰곰 돌이켜 보니까, 오래전부터 계속 그렇게 생각하고 있었네. 그 사람, 어쩌면 그런 사람이 아닐까 하고 생각하고 있었으니까, 딱히 이상할 것도 없지.' 하고, 바로 알아요.

예를 들면, 친하게 지내고 인상도 아주 좋았던 사람이, 뒤에서는 이쪽의 험담을 입이 닳도록 늘어놓기도 하고. 배려에 넘치는 태도를 보이더니, 본업이 사기였다거나.

그리고 과도한 웃음, 과도한 분노, 과도한 재미에는 늘 조심하고 있어요. 그 과도함 뒤의 반전이 늘 두려워요. 아무리 그 자리가 재미있고 즐거워도, '계속 그렇게 웃으면 피곤하지 않나?' 하고 생각되는 사람일 경우, 집에 돌아갔을 때의 어두운 그 사람 표정이 불현듯 떠오르면서, '아, 이게 이 사람의 전부는 아니구나.' 하는데, 그런 것에는 누구보다 민감하다고 생각합니다.

그 외에도 "저 사람에게는 절대 접근하고 싶지 않네." 하고 내가 중얼거리면, "에? 다들 좋아하는 사람인데, 친구도 1,000명이나 되고, SNS에서도 다 '좋아요' 누르는 사람인데, 왜?" 하는 반문이 돌아오는 대상이 몇 명 있어요. 그런 사람은 자기 자신도 속이고 있다고 봐요. 그러나 감이 좋은 내 친구는 바로 "그러네, 알 것 같네." 하고 반응하죠.

타이라 자기 자신을 속일 때, 타인들을 끌어들이는 폭도 넓어지죠.

요시모토 맞아요. 주위 사람들도 속기 쉽고. 나는 혼자 생각하고 쓰는 시간이 없어지기 때문에 설령 외로워도 그 '과잉'에는 접근하지 않으려고 해요.
과도하지 않은 교제가 가장 평화롭고, 오래 지속된다고 생각해요. 어떤 의미에서는 그게 요령일 수도 있겠죠. 파르르 끓어오른 것은 또 훅 식기 마련이니까요. 연애도 그렇지만.

타이라 네, 동감이에요. 타이완에서 살기 시작했을 때, 그곳에서 저는 새로운 사람이니까 많은 사람들이 관심을 갖고 대해 주었고, 저 역시 점차 엔진이 뜨거워져서.

요시모토 아마 그랬겠죠.

타이라 그런 상황에서 주위에 사람이 모여들고, 또 그렇게 둘러싸이다 보면 역시 순간적으로 흥분하게 되죠.

요시모토 흥분해서 과잉된 상태.

타이라 그야말로 과잉된 상태라서, 찾아오는 사람들도 '우와!' 하고 절반은 취한 듯한…….

요시모토 마루코가 화르르* 하는 장면처럼.(웃음)

타이라 정말 그러네요.(웃음) 나름 즐겁지만, 인식했을 때는 조정을 해야겠죠. 그러고 보니까 제가 흥분했을 때, 어머니는 냉담하게 보고 있었어요.

---

* 『마루코는 아홉살』(사쿠라 모모코 지음)의 주인공 마루코가 가슴이 설레거나 기분이 좋아지는 순간, 마루코의 배경이 꽃밭이 되는 장면.

요시모토 베티 씨가.(웃음)

타이라 네. 또 어머니가 등장하는데, 저의 인간관계에 대해서 평소 뭐라 말이 없는 어머니가, 그렇게 과도한 때는 "아이린, 그 아이의 어디가 그렇게 좋니?" 하고 슬쩍 물어요.
그냥 평범한 질문인데, 흥분을 억누르면서 제게 그때 보이는 것을 얘기하면, "호오 그렇구나, 엄마 눈에는 그렇게 안 보이는데." 하는 말을 넌지시 던져요. 그런 말을 들으면 발끈 화가 나기도 하고, 흥이 깨져서 속상했어요.

요시모토 발끈하기는 하지만, 흥분은 가라앉죠.

타이라 일단 '입구'로 돌아갈 수 있으니까, 마음을 가라앉히고, 그다음 정화로 조정해요.
어머니가 넌지시 던진 한마디가 머리에 찬물을 끼얹은 것처럼 느껴진 건, 역시 '기억'으로 인해 상당히 흥분한 상태였기 때문이란 걸 깨달았어요.
그런데 일을 할 때도 과도하게 분위기를 띄워, 인위적으로 움직이려 하는 사람은 없나요? 흥분을 잘 시킨다고 할까.

요시모토 있죠. 갑자기 뜨거워진 것은 또 갑자기 식는다는 걸 알기 때문에 가까이하지 않지만요. 물론 새로운 것이나 혁신적인 것은 반드시 생겨나야겠죠.
하지만 그런 것은 알게 모르게 생겨나서, 또 시간을 두고 다 같이 하게 되지, 갑자기 이루어지는 것은 아니겠죠.
그 움직임을 '하자!' 하고 인위적으로 하면, 마치 마약에 빠진 것처럼, 앞서 얘기했던 내 친구의 아버지처럼 잇달아 갖가지 사업을 벌인 끝에 불안정한 인생이 될 거예요.
내가 꾸준한 걸 지향할 뿐인지도 모르지만, 그쪽이 대략 옳지 않나 싶어요.

마음을 새로이 하는 법

타이라 나락에 빠져 있을 때, 어떻게 하면 미래를 향해 건강하게 일어설 수 있을지 조언을 부탁드려요.

저는 타이베이에서 생활하면서 벽에 부딪치면 정화를 계속하는데, 그래도 심신이 쉽게 새로워지지 않을 때도 있어요.

요시모토 역시 눈앞에 있는 일만 생각하는 것 아닐까요? 지금을 예로 들면, '샌드위치 & 대담*'처럼.(웃음) 달리 말하면 다른 생각을 하지 않는 것.

타이라 눈앞에 있는 일. 정말 그러네요. '지금'에 집중한다는 뜻이겠죠.

요시모토 그리고 몸을 움직이는 것, 말 그대로 걸레질을 한다든지. '이쪽 구석이 이렇게 더러운데, 저쪽 구석은 어떨까?' 하면서, 작은 목표가 있는 것이 좋겠죠.

타이라 머릿속이 '기억'에 중독되어 있을 때, 청소나 정리 정돈 등 몸을 구체적으로 움직이는 일을 하면, 우니히피리와의 균형이 잡히겠군요. 반대로 기억 중독을 방치하면 집 안이 살벌해지고.

---

* 이 날 대담 자리의 간식은 샌드위치였어요(타이라).

요시모토 정보의 차단도 반드시 필요해요. 2~3일 인터넷을 절대 사용하지 않거나 여행을 떠나거나, 그리고 여행을 떠나서도 아무것도 하지 않는 등.
하지만 전혀 모르는 곳에 혼자 여행을 가면 서바이벌에 신경이 쏠려서 쉽게 피곤해지니까, 비교적 가까이에 지인이 있으면 좋겠죠. 나흘에 한 번쯤 그 사람과 저녁을 같이 먹는, 그 정도 거리감으로 지내면서 정보를 차단하는 게 가장 빠른 방법 아닐까요?
또 실연했거나, 누군가가 세상을 등졌거나, 배신을 당했거나, 그렇게 심리적으로 우울할 때도 장소를 바꾸면 기분도 달라지죠.
일정도 가능하면 대충 윤곽만 정하는 편이 좋아요. 호텔이나 여관에 묵으면, 점심때부터는 청소 시간이라서 밖에 나가 있어야 하는데, 그동안 주위를 잠시 산책하는 정도로요.

타이라 작은 목표와 대략적인 일정이군요.

요시모토 며칠만이라도 그런 상황에 있으면 전혀 달라져요. 정말 우울할 때는 여행 준비를 하는 것조차 귀찮지만, 힘을 내서 숙박할 장소와 만날 친구만 정하고 이동하는 거죠. 큰 움직임이지만, 단순하게.
목적도 행선지도 정하지 않은 채 떠나는 건, 의외로 에너지가 많이 소모되기 때문에 피하는 게 좋아요. 그런 여행이 좋은 경우도 있죠. 반복되는 일상에서 기분이 흐트러졌을 때. 우울할 때는 아니에요. 비슷하지만 달라요.

파트너를 알아보는 법

타이라 제 주위에 있는 젊은 사람들은 '파트너'를 어떻게 알아보는지 잘 모르겠다고 하는 경우가 많아요.

요시모토 좋은 파트너……. 아까 얘기한 풀포드 박사의 책에서 인상에 남은 말이 한 가지 더 있어요. 아주 고리타분하기는 한데,(웃음) '요즘 젊은이들은 비주얼이나 감정에 지나치게 기우는데, 같이 있으면서 자신을 진심으로 반겨 준다는 기분이 드는 파트너를 찾으세요.' 하는 투의 말이 쓰여 있어요.
가슴이 설레거나 두근거리지 않아도 좋지만 그렇다고

기분이 푹 가라앉는 것도 아닌, 같이 있으면서 자신이 진심으로 초대받은 듯하고, 허용되고 있는 듯하고, 그래서 마음이 따뜻해지는, 그런 사람을 찾으라고요. 정말 맞는 말이라고 생각합니다.(웃음)
풀포드 박사가 공항에서 탑승을 기다리는 한 커플을 봤는데, 두 사람 사이에 따스함이 오가는 것을 보고 흐뭇해서 자기도 모르게 입가에 미소가 번졌다고 해요. 이 두 사람은 잘 맞는다, 관계가 오래 지속되겠다는 느낌에 안도했다는 일화로 시작되는데, 두 사람의 조화로운 모습을 보면 알 수 있다는 식의.
반대로 젊은 사람이 '이 사람, 어때요?' 하며 데리고 왔을 때, 절대 아니다 싶은 경우도 이것을 보면 알 수 있다고 쓰여 있었어요. 뭐가 기준이냐 하면, '따뜻함.' 정말 그렇지 않나 합니다.
그 얘기를 읽지 않았더라면, 나 또한 현대사회에 태어나고 자랐으니까 예외 없이, '열렬한 연애, 한눈에 반했어요! 만나자 마자 사귀고 결혼!' 그런 것에 이끌렸을지도 모르죠. 그래서 젊은 사람들이 결혼한다고 하면, 반드시 따스함이 느껴지는지를 보려고 해요.

타이라 얘기를 듣기만 해도, 마음이 따듯해지네요.

요시모토 또는 상대를 그런 상태로 키운다고 할까, 그런 상황이 될 때까지 관계를 키워나가는 게 아닐까 해요.

타이라 아무리 많은 이벤트를 함께하고 관계를 예쁘게 꾸며도, 자기 마음이 지금 따뜻한 상태인지 아닌지, 그건 속일 수 없으니까요.

요시모토 그렇죠. 설레고 두근거리는 기분일 때는, 어느 정도는 자기에게 거짓말을 하고 있는 거죠. 눈앞에 정말 멋진 사람이 있으면, 멋지다고 생각하고 당연히 기분도 좋아지잖아요.(웃음) 하지만, 그런 게 아니라.

타이라 그럼요. 따뜻한 기분만큼은 꾸밀 수 없죠.

요시모토 내면에서 솟는 것이지, 머리로 생각하는 게 아니니까요.

타이라 정말 그렇네요.

이별의 각오

타이라 우리 인생에 반드시 찾아오는, 부모와 이별하는 불안에 대해서 여쭙고 싶어요. 바나나 씨는 몇 년 전에 부모님을 여의셨는데요. 당시의 일을 에세이에서 읽고, 부모님의 죽음은 참 버거운 일이겠다는 걸 해마다 더 깊이 생각하게 되었어요.
저도 요 몇 년 사이에 부모님도 나이가 들었다는 걸 실감하는 기회가 많아져서, 언젠가 이별하게 될 때에 대한 두려움과 슬픔을 무시할 수 없어요.

요시모토 언젠가는 온다는 걸 알고 있으니까요.
하지만 정말 힘들었어요. 다만 '이런 상태가 계속되면 나도 죽을 수 있겠다.' 하고 생각한 시기는 1년 반에서 2년 정도. 길어 보이지만 지나 보니 의외로 짧다는 인상이 강했어요.
아이를 키우는 것도 그래요. 평생 갓난아기일 줄 알았는데 벌써 열다섯 살이 된 것처럼, 지금 생각하면, 돌아가실 때까지 순식간이었어요.
하지만 그 당시에는 영원히 계속될 것만 같은 기분이었죠. '영원히 아침 일찍 깨어나 눈을 멀겋게 뜨고 있겠지.' '이렇게 노쇠한 부모를 앞으로도 계속 봐야 하는구나.' 그렇게 생각했어요.

타이라 지금 아이를 한창 키우는 중이라, 그렇게 말씀하시니 지금 이 시간의 귀중함을 깨우치게 되네요.
우리 부모님은 아직 젊어서 큰 부담이 없지만, 또 그만큼 늙어 갈 것이란 두려움도 있어요.

요시모토 하지만 부모가 점점 노쇠해 가는 시기가 마치 신이 마련해 준 시간인 것처럼 가장 즐거웠는지도 몰라요. 부모님도 당신이 나이를 먹어 가는 좋은 부분을 만끽했으니까. 지금 생각하면, 좋은 시절이었던 것 같아요.
마지막 2년은 비참했어요. 많이 울었고. 하지만 지금 생각하면, 마지막이라서 오히려 갖가지 '축제'가 있었다는 느낌도 있어요. 깊은 밤의 병원 같은, 평소에 있을 수 없는 장소에 있기도 하고. 지나가고 나면 부모가 눈앞에서 영원히 없어지는 거니까.

타이라 같은 해에 두 분 다 돌아가셨죠.

요시모토 정말 몰랐어요. 설마 어머니까지 돌아가실 줄은. '헉, 뭐야, 또 절? 얼마 전에 다녀왔는데?' 물리적으로 많이 지쳤죠. 이동도 많았고, 나 자신도 쓰러졌었고.

타이라 그런 얘기를 들으면 들을수록, 몸과 마음은 이어져 있다는 걸 느껴요.

요시모토 저는 특히나 감응하는 타입이라서요. 아버지가 돌아가셨을 때는 전부 한꺼번에 왔어요.

타이라 거의 입원해 계셨나요?

요시모토 입원과 퇴원을 반복했어요. 아버지가 열이 오르면 나도 열이 났고, 아이 때와 똑같았어요. 아이가 열이 나면 엄마도 왜 그런지 열이 나잖아요. 그런 것처럼, 아버지와는 그런 공명이 있었어요.
역시 몸이 많이 지쳤죠. 하지만 축제니까 어쩔 수 없잖아요. 축제의 날에는 밤도 새울 수 있다는 식으로. 오히려 두려움에 떨었던 시간이 길었던 것 같아요. '입원을 했다는 건, 앞으로 계속 입원?' 하고 생각했는데

퇴원을 해서 '어, 다시 나왔네.' '또 들어갔네.' '아, 다음에는 어떻게 되는 거지?' 하는 식으로 계속 두려웠어요.

타이라 무슨 기억인지, 부모님이 쇠약해질 때가 온다는 게 벌써부터 두려워요.

요시모토 나도 그때가 가장 두려웠어요. 그나마 아직 기운이 있어 두려워할 여유가 있었던 거죠.
나도 지금, 고양이나 — 고양이와 같이 취급하면 안 되겠죠.(웃음) 우리 고양이가 할배라서, 이제 머지않았다고 생각하면 가슴이 먹먹해져요. 하지만 생물이니까 어쩔 수 없죠, 죽는다는 것도, 우리의 그 마음도.

타이라 이겨 낸 거군요, 바나나 씨는.

요시모토 이겨 냈다고 할까, '아, 지나갔네.' '어쩔 수 없지.' 그런 느낌? '이렇게 되었으니 어쩔 수 없지. 내가 보는 앞에서 눈을 감았는데.' 그때 비로소 충격이 밀려왔어요.
목숨이란 건 내가 어떻게 할 수 없는 거예요, 전부.

타이라 더 잘해 드릴 걸 그랬다고 후회한다는 얘기를 많이 들어요.

요시모토 후회는 끝이 없죠. 하지만, 그것도 당연한 일이에요.

타이라 저는 지금도 여러 가지로 후회하고 있어요. '할머니가 지금보다 더 건강하고 걸을 수 있으셨을 때, 여기저기 모시고 다녔으면 좋았을 텐데.' 하고요. 아직 살아 계시고, 걷기도 하시는데.

요시모토 하지만 할머니 당신이 걸어서 가고 싶은지 어떤지는 별개의 문제죠. 그건 본인밖에 모르는 거예요.

타이라 그리고 '시간을 자유롭게 쓸 수 있었던 학생 시절에 부모님에게 좀 더 잘하고, 같이 여유롭게 보내는 시간을 가졌으면 좋았을 걸.' 하는 생각도 가끔 해요.

요시모토 그렇죠, 알아요.

타이라 역시 또 '지금'으로 돌아와서 걸레질을 하든지, 지금 할 수 있는 일을 하는 게 최선이겠죠.

요시모토 우리 부모님은 같이 여행하는 걸 좋아하는 타입이 아니어서 그런 후회는 그다지 없어요. 대신, 해마다 여름이면 다 같이 바다에 갔어요.

타이라 여행을 좋아하는 타입이 아니셨다?

요시모토 네. 자식이 데리고 가는 걸 불편해하는 타입이었다고 생각해요. 한 동네의 정든 거리에 나가 식사하는 걸 오히려 좋아했어요.
상대의 체력이나 컨디션에 맞춰서 그때그때 할 수 있는 걸 하는 수밖에 없어요.

타이라 부모니까 자식과 함께 가는 여행이 당연히 즐거울 것이란 환상이나 착각을 정화하고, '효도란 이런 것이다, 행복한 노후는 이럴 것'이라는 판단으로부터 현실에 눈을 뜨는 게 정말 중요하네요.

삶이 쉬워지는 올바른 방향

타이라 마지막으로. 바나나 씨에게 삶이 쉬워진다는 건 어떤 것인가요?

요시모토 '쉬운 삶'은 '편하다.'는 것과는 달라요. 인생에 시련이 있는 게 당연하다면, '그 사람다운 시련을 만나야 한다.'는 것이죠.
내가 살면서 마주친 시련과, 아이린 씨의 시련은 다를 테고, 각자가 각각의 시련을 경험했기 때문에 서로에게 조언도 할 수 있는 거 아니겠어요?
각자가 살아오면서 삶의 어려움도 체험했기 때문에, 반대로 자신의 삶이 쉬워진다는 것도 타인의 삶이 쉬워진다는 것도 알 수 있게 되는 거겠죠.

타이라 이번 대담에서 바나나 씨는 거듭 '자기를 아는 것'이라는 말을 하셨는데, 명확하지 않아도 괜찮으니까 '자기다움이란 이런 느낌이네.' 하고 늘 다정하게 품고 있는 상태가 좋은 거겠죠. 단정하는 게 아니라.
인생에는 반드시 시련이 따르겠지만, 어디를 어떻게 걷든, 길이 바뀌든, 다정하게 품고 있는 '자기다움'을 떠올리면 언제나 괜찮다고 생각되어요.
그 '자기다움'이란 즉 '우니히피리'. 우니히피리와 늘 함께 있으면, 그리고 그것을 각색하거나 통제하지 않고 그저 품고 대화해 나가면, 시련이 있어도 원래 있어야 할 상황으로 돌아갈 수 있을 것이라는 강한 확신을 갖게 되었어요.

요시모토 그런 감수성이 삶이 쉬워지는 방향으로 이어지지 않을까 합니다.
풍요로움이란 '시련도 즐기는 것'이라고 생각하니까, 각자의 시련을 즐기면서 살아가는 것이 좋겠죠. '타인의 틀'에는 절대 들어갈 수 없으니까요. 자신의 시련을 해결해 나가는 과정이 풍요로운 것이죠. 적당한 온도에 약간 어둑어둑한 방에서 평생 자는 게 가장 오래 사는 방법이라잖아요.(웃음) 하지만 편하기만 해서는 인생의 의미를 이해할 수 없죠.

타이라 그렇죠. 제 경우, 익숙해지려면 아직 멀었지만 타이베이의 생활 속에서, 시련을 겪는 일도 있지만, 그 와중에 불쑥 풍요로움이 찾아오는 때도 있어요.
그러고 보니 최근에 시련 끝에 만날 수 있는 기쁨을

경험했어요. 바나나 씨가 타이베이 북 페어의 메인 스피커로 타이완에 오셨을 때요. 무척 바쁘셨는데, 시간을 내 주셔서.

요시모토 무슨 말씀을요. 나야말로 즐거웠어요. 감사합니다.

타이라 날씨도 무척 좋고 햇살도 기분 좋아서, 바나나 씨의 귀국 비행기 시간이 될 때까지 잠시 산책을 했잖아요.
그런데 비행기가 예정보다 늦게 떠나게 된 덕분에 시간이 좀 더 생겨서 느긋하게 같이 지낼 수 있었죠. 어쩌다 가끔 찾아오는 행복한 시간.
그때 저는 '신이여, 감사합니다.' 그런 기분이었어요.

요시모토 그러네요. 시련 많은 인생에서 구원 같은 한 때, 인생의 선물.

타이라 시련을 향유한다고 하면 무겁게 들리고, 저보다 젊은 사람들에게는 아무 매력 없게 들릴지도 모르지만…….

<u>요시모토</u> 그렇지 않을 거예요. 지금은 '개개인의 시련을 향해 순순히 나아가야 할 시대'라고 생각합니다. 그리고 '자기를 산다.'는 지향점을 다시 한번 되찾지 않으면 다른 사람은 물론 자기 자신도 구원할 수 없다고 생각해요.

<u>타이라</u> '개개인의 시련을 향해 순순히 나아가야 할 시대.'라는 말씀이시죠.
시련이라 여겨지는 체험이 많았던 타이베이의 나날 속에서, 선물 같은 시간이 주어져 '아아, 지금 나의 인생은 좋은 곳을 향하고 있구나…….' 하는 걸 깨달을 수 있었어요.
바나나 씨와 함께 지낼 때는 늘 우니히피리의 존재를 가까이에 느낄 수 있어요.

<u>요시모토</u> 우리 둘의 우정 사이에서 자라나는 게 있는 거겠죠, 시간도 천천히 흘렀고.

<u>타이라</u> 바나나 씨가 엄격하게, 친절하게, 제 인생에 나타나는 진실을 보여 주는, 오늘 같은 기회에 진심으로 감사합니다.

요시모토 저야말로, 여러 가지로 생각할 기회, 얘기할 기회를 만들어 주어서 고마워요.
아이린 씨와 베티 씨의 영혼과 만나는 것은 늘 큰 기쁨이에요.
호오포노포노도, 감사합니다.

나오면서

요시모토 바나나

아이린 씨는, 저와는 경제력도 체력도 성장한 환경도 매우 다른데, 진심으로 행복을 기원하고, 같은 일에 같은 식으로 느낄 수 있는 정말 귀한 사람입니다.

사실은 좀 더 어른스럽게 다부지게 처신해야 하는데, 아이린 씨가 옆에 있으면 마치 어린아이가 된 것처럼, 나이를 떠나 얘기하게 되어요.

지금까지 저는 아이린 씨의 직감이 빗나간 것을 한 번도 본 적이 없습니다. 흔치 않은, 큰 재능을 가진 사람이라고 생각합니다.

두서없어 보이는 대담이지만, 좌충우돌하면서도 진실을 보기 위해 눈을 반짝 뜨고 사는 우리 둘의 순수한 자세만큼은 세상에 자랑할 수 있습니다.

아이린 씨, 만나 주어서 고마워요.

이 책을 만들기 위해, 발간 날짜를 미루면서까지 진지하게 대응해 주신 고단샤의 요다 노리코 씨, 몇 번에 나뉘어 진행된 대담에 동행해 준 나의 스태프 이노 이쓰미 씨, 감사합니다.

우리의 '지금', 자신의 원점을 찾아가는 앞으로의 성장 속에서 '바로 지금'을 새길 수 있어서 무척 기뻤습니다.

이 책을 읽어 주시는 여러분이 만약 '내게 딱 맞는 장소가 없다.'거나 '어디에 있어도 잘 적응이 되지 않는다.'고 생각한다면, 그 답답함에서 벗어날 돌파구가 되고, 주위에도 사랑과 행복을 베풀 수 있는 힘이 솟는, 그런 계기가 되는 내용이라면 감개무량하겠어요.

며칠 전에 아이린 씨가 우리 집에 놀러 왔을 때, 옆집과의 경계에 허물 예정인 담이 있어, 내가 "귀찮게 되었어요, 이걸 고쳐야 해서."라고 했더니, 아이린 씨가 힘찬 목소리로 불쑥 "아아, 하지만 이 담은 수리하는 게 좋겠는데요."라고 하더군요. 그 순간, 내 안에 뿌리박혀 있던 귀찮음이 싹 사라져 버렸답니다.

'아아, 이 사람에게는 멋진 어머니의 피가 흐르고 있구나. 지금, 어머니 베티 씨가 모두에게 그런 존재인 것처럼, 아이린 씨도 주위와 아이들 세대에 든든한 존재가 되어 가겠구나.' 하고 직감했습니다.

사람은 태어나서 성장하는 과정에서 갖가지 다른 일도 만나고, 또 나이를 먹으면서 많은 경험을 하는 사이에, 자신에게 단 하나인 진실을 발견할 수 있죠. 그리고 그것을 삶으로써, 주위에도 힘을 줄 수 있답니다.

그런 것이라고 생각해요.

모두에게 그 여행이 즐겁기를.

우리 함께 호오포노포노

1판 1쇄 찍음 2021년 3월 10일
1판 1쇄 펴냄 2021년 3월 24일

지은이 | 요시모토 바나나, 타이라 아이린
옮긴이 | 김난주
발행인 | 박근섭
책임편집 | 정지영
펴낸곳 | 판미동

출판등록 | 2009. 10. 8 (제2009-000273호)
주소 | 06027 서울 강남구 도산대로 1길 62 강남출판문화센터 5층
전화 | **영업부** 515-2000 **편집부** 3446-8774 **팩시밀리** 515-2007
홈페이지 | panmidong.minumsa.com

도서 파본 등의 이유로 반송이 필요할 경우에는 구매처에서 교환하시고
출판사 교환이 필요할 경우에는 아래 주소로 반송 사유를 적어 도서와 함께 보내주세요.
06027 서울 강남구 도산대로 1길 62 강남출판문화센터 6층 민음인 마케팅부

ISBN 979-11-5888-733-9 03830

판미동은 민음사 출판 그룹의 브랜드입니다.

SITH 호오포노포노 아시아사무국

공식 웹사이트

hooponopono-asia.org/www/kr/

페이스북

www.facebook.com/SithHooponoponoKorea/

유튜브

https://www.youtube.com/channel/UCi1JNL0f_nsEpN9-uIz0Nfg

인스타그램

www.instagram.com/sith_hooponopono_korea/

트위터

https://twitter.com/SITH_korea

카카오톡

pf.kakao.com/_xjyxaFC